新典社選書103

とびらをあける中国文学

――日本文化の展望台

高芝麻子・遠藤星希・山崎藍・田中智行・馬場昭佳 著

新典社

目　次

はじめに

漢文、あるいは中国古典文学は、現代に生きる日本人にとって身近な存在でしょうか。もちろん、「完璧」や「矛盾」、「敬遠」など、日常生活の中で欠かすことのできない漢文由来の言葉がたくさんあるなどの理由から、漢文は私たちに身近な文化だとお考えの方も多くおられると思います。その一方で、自分には無縁だとか、現代日本で生きていく以上漢文は必要ないとか、そうお思いになる方もまた多いようです。確かに日常生活の中で漢文の知識が役に立ったという実感を持つ人は少ないかもしれません。

ところで、司馬遼太郎氏の小説に『翔ぶが如く』という、幕末維新期を描く作品があります。もしこれが『まるで翔んでいくみたいに』という題名だったらどんな印象を受けるでしょうか。意味はだいたい同じですが、雰囲気がだいぶ異なるような気がしませんか。『まるで翔んでいくみたいに』は口語体、『翔ぶが如く』は漢文訓読体です。口語体は柔らかく情緒的で、漢文訓読体の方が固く、どこか格調高い感じを受けるのではないでしょうか。「やむを得ず」や「なかんずく」などという少し固い言い回しも漢文の訓読体に由来します。これらの表現を「仕方なく」「とりわけ」などに置き換えれば、意味は変わらなくともニュアンスが異なってきます。漢文訓読体には漢文訓読体ならではのニュアンスがあるわけです。つまり、漢文訓読体は、口語体とは異なるニュアンスを伝える手法の一つとして、現代の日本語の中でもしっかり役割を請け負っているのです。

このように考えると、現代の私たちの言語生活の中で、漢文はいくらか形を変えながらも、他をもって代えがたい役割を与えられて、生き残ってきたといえます。漢文は自然と私たちの日常の役に立っているわけです。言い換えれば、「漢文が役に立った」と意識することがないほどに、生活の中に漢文由来の文化が溶け込んでいるということになります。

つまり、漢文（中国古典）の世界は、日本からすれば外国の古典文学であり、異文化であると同時に、日本文化の中に取り込まれカスタマイズされ、現代の私たちの文化を形作る存在でもあるのです。これは言葉の問題に限ったことではありません。考え方をはじめとして文化のあちこちにその影響を見いだせます。外国の優れた文化を取り込んでカスタマイズして、自分たちの文化をより豊かにしていく日本文化の基本スタンスは、古代から現代に到るまでずっと続いているのです。

では、本書は「漢文は役に立つ」ということを主張したいのか、というとそうではありません。もちろん漢文は役に立つとは考えていますが、本書の第一の目的は、外国の古典文学でありながら、日本文化の一部に取り込まれてもいる、中国古典文学という非常に個性的な存在が、実は私たちに身近な角度から見てもとても面白いのだ、とお伝えすることです。そのために、専門が異なる中国古典の研究者五人が集まって、それぞれに今一番面白いと思っていることを書いて本にしたのです。

　ここで執筆者の紹介をしたいと思います。執筆者五人はいずれも大学院生時代、東京大学の中国語中国文学研究室に所属し、ともに学んだ仲間です。その研究室には、中国語や中国文学の様々な領域を研究する学生が所属しており、学年や専門を超えてあるときは和気藹々、あるときは丁々発止、仲良く切磋琢磨して過ごしてきました。執筆者五人もその研究室で出会い（とはいえ山崎藍と高芝麻子は中学時代からの友人なのですが）、かれこれもう二十年の付き合いになります。学年は異なりますが、いずれも一九七七年度生まれという縁もあってとりわけ親しく、五人揃って二〇一七年度に四十歳という節目の年を迎えました。それを機に世の中に中国古典の面白さを発信したい、今まで勉強させてもらってきたものを社会に還元したいと考え、この企画が始まりました。五人の執筆者は、世間的には「中年」ですが、研究者としてはまだまだ修行中の身です。力不足もあろうとは思いますが、自分の研究の中で見つけた面白さを信じて、荒削りでも勢いのあるダイナミックなトピックをお届けできるはずと自負しています。

気心の知れたそのメンバーで取り組んだ本書の狙いは、何より漢文の面白さを発信することであり、特に日本文化や現代社会と繫げて考えていくことで、より身近な面白みをお伝えしたいと考えています。以下に全体の構成を見ていきましょう。

◎第一章　高芝麻子「言葉の来た道──心頭を滅却すれば火もまた涼し──」

「心頭を滅却すれば火もまた涼し」は、現代では「無理が通れば道理が引っ込む」の意味でも使われます。しかし出典である中国古典どころか、明治ごろまでは日本でもそのような意味では使われていません。では、この言葉の意味はどのように変化してきたのでしょうか。

◎第二章　遠藤星希「日中の古典作品に見える有り得ない自然現象とその意味するもの」

「太陽が西から昇っても」などという、有り得ないことを引き合いに出す表現は、世界共通の発想のように思われるかもしれません。しかし実は日中の間には面白い違いがあるのです。『詩経』や『万葉集』、神話などにまで遡って、日中の差異を読み解きます。

◎第三章　山崎藍「中日井戸異聞──文学に描かれる井戸描写を中心に──」

水道が普及するまでの間、日本でも中国でも井戸は非常に大切で身近な存在でした。日常的な存在でありながら、異界に繋がると信じられているなど、井戸には複雑なイメージがあったようです。日中の差異をも視野に入れつつ、井戸のイメージを明らかにしていきます。

◎第四章　田中智行「『金瓶梅』宋恵蓮故事を読む」

古典小説というと、伏線や複雑な構成などとは無縁の、単純な筋書きを想像する方もおられるかもしれません。しかし例えば男女の色恋を描く小説『金瓶梅』に巧みに張り巡らされた複雑な仕掛けを読み解いていくと、作者の周到かつ驚くべき工夫が見えてくるのです。

◎第五章　馬場昭佳「『水滸伝』から考える明清時代のエンタメ小説：白話小説」

古典小説の中には、ライトノベルや動画投稿サイトなど現代のサブカルチャーとよく似た楽しみ方をされてきたものもあります。どこが似ていて、どこが違うのか、『水滸伝』のキャラクター造形などに着目しつつ、時を超えた娯楽の在り方について考えていきます。

本書は以上の五章から構成されています。第一章は日本的にカスタマイズされていく中国文化について、第二、三章は日中文化の差や共通点について、文献や出土品などから分析していきます。第四、五章は、中国古典小説の楽しみ方について、現代の我々の娯楽と繋がるような新しい角度から光を当てていく内容です。つまり、現代日本人には無縁のものと思われがちな中国古典世界を鍵として知的冒険のとびらを大きく開いてみよう、あるいは中国文化と日本文化の間を行ったり来たりしながら、そのとびらの先にある新しい世界の面白さを発信していこう、と目論んでいるのです。

ですから、この本を手にとってくださった方には、何より面白がっていただきたい、と願っています。中国古典は、つまらないお説教や、理屈っぽい教訓ばかりではないのです。異文化であり、過去の文学であり、同時に私たちの日常に根付いた活きた文化でもあり、何はともあれ面白いのです。知識が増えると人生の楽しみも増えます。人生の選択肢も増えます。より豊かな人生のために、まずは気軽に読み物として楽しんでいただければ、執筆者一同これに勝る喜びはありません。

本書では原則として、常用字のある文字は常用字とするなど、読みやすくするために引用文の表記を適宜改めてあります。また、漢文の書き下しは現代仮名遣いを用いました。

本書執筆にあたり、多くの方々のお力添えをいただきました。特に出版に関しては全くの素人集団である私たちに優しく寄り添い、丁寧なアドバイスをくださった新典社編集部の小松由紀子さん、原田雅子さんの存在なしにはこの本は日の目を見ることがなかっただろうと思います。小松さん、原田さんを初め、お助けくださった皆様に心よりの感謝を申し上げます。

高芝麻子

第一章　言葉の来た道
―心頭を滅却すれば火もまた涼し―

高芝麻子

はじめに

故事成語というと、どのような言葉を思い出すでしょうか。「矛盾」あるいは「漁夫の利」などを学校で習ったという方は多そうです。「矛盾」は『韓非子（かんぴし）』（戦国時代末の思想家韓非（かんぴ）の書いた書物）に由来する言葉で、つじつまが合わないことをいいます。最強の盾（たて）と最強の矛（ほこ）を売っている商人に、その最強の矛で最強の盾を突いたらどうなるのかと尋ねた人がいて、商人は返事ができなかったという故事は、ご存じの方も多いでしょう。その故事から、言っていることの筋が通らない、つじつまが合わないことを「矛盾」というようになりました。しかし、現代の、しかも海を隔てた日本でまでこの言葉が普通に使われているのはなぜでしょうか。その答えははっきりとはわかりません。でも、二千二百年ほど前に韓非が「矛盾」の例え話を例に説明するまで、多くの人の脳内にはもやもやした感覚があるだけで、矛盾という概念は言語化されていなかったのではないかなと私は考えています。そのもやもやしていた感覚に名前を付け、概念として独立させたのが「矛盾」の故事だと考えれば、これはとても画期的なことです。「矛盾」という名前を付けたおかげで、私たちはそのもやもやとした感覚を議論や思考に乗せることができるようになったわけです。だからこそ、「矛盾」という故事成語は私たちの言語生活になくてはならない存在になったのではないでしょうか。

もう一つ、有名な故事成語を挙げましょう。ひなたぼっこをしていた蚌（どぶがい）を、鷸（しぎ）がつっこうとします。蚌はつつかれては堪らないと慌てて貝を閉じたので、鷸はくちばしを挟まれてしまい、蚌も鷸も身動きが取れなくなってしまいました。そこに漁師が登場し、苦労もせず両者を手に入れて持ち帰ったのでした、という「漁夫の利」の故事も非常に有名です。この言葉は第三者が利益を得る意味で使われます。授業で学生さんに「漁夫の利」の例を考えてもらうと、「二つのプリンを妹と弟で奪い合ううちに、姉に食べられてしまった」とか「飲み会で一人の女の子を巡って二人の男の子が牽制し合っているうちに、別の男の子が彼女と意気投合していた」とか身近な例が挙がります。これらは「漁夫の利」で間違いありません。ただし、故事成語の本来の意味から考えると、漁師が持ち帰ったのは争っていた蚌と鷸でしたから、そのままの図式を今の例に当てはめれば「プリンを奪い合う妹と弟」を姉が持ち帰ることになりますし、「二人の女の子を巡って牽制し合っている二人の男の子」と第三の男の子が意気投合することになります。でも、そうはならないのです。争っている主体と、奪われる利益は別のものになる、というのが現代的な用法です。それでは現代の使い方は間違いなのか、といえば、そうではありません。故事成語は、中国の古典文献に由来する表現ではありますが、意味あいは時代を追って変化していく場合があるのです。

さて、「漁夫の利」の場合は少し意味がずれただけでしたが、もっと大きく意味が変わるものもあります。今回はその一つの例である「心頭（しんとう）を滅却（めっきゃく）すれば火もまた涼し」という言葉についてご紹介していきます。

この「心頭を滅却すれば火もまた涼し」という言葉を、故事成語として中学や高校の授業で習ったという方は多くないかもしれません。でも、小説や漫画、ドラマやアニメなど、娯楽の世界で見たという方はおられるのではないでしょうか。

大学の一年生百六人に簡単なアンケートをしたところ、知っていると答えた人は全体の六割、その中で使ったことがあると答えた人は全体の約二割でした。「漁夫の利」や「矛盾」は全員が知っていると回答し、「矛盾」についてはほぼ全員が使ったことがあると回答していますから、それらに比べればこの言葉はだいぶ知名度が低いと言わざるを得ません。

では、「心頭を滅却すれば火もまた涼し」という言葉にはどんなイメージがあるでしょうか。知っていると答えた一年生に複数回答可で意味を尋ねたところ、「根性・忍耐」という選択肢を選んだ学生がやや多くて約六割、「達観・悟り」が約五割、それ以外を選んだ学生が数名となりました。つまり「根性・忍耐」という回答と「達観・悟り」という回答が拮抗しつつも、「根性・忍耐」がやや上回るという結果になったわけです。もちろん百人程度の簡単なアンケートですから正確なデータとはいえませんが、大学生がこの言葉に持つイメージは「根性・忍耐」と「達観・悟り」二種類が存在していることは間違いなさそうです。

では、このいずれの意味が正しいのでしょうか。試みに国語辞典を引いてみると以下のように書かれています。

『新明解　国語辞典』第四版（三省堂）

【心頭を滅却すれば、火もまた涼し】
どんな火の熱さでも、精神集中によって無いものと思うことが出来れば、苦しさを感じなくなるものだ。

この説明は精神集中によって苦しさを感じなくなれるということですから、「達観・悟り」というよりも、いずれかといえば「根性・忍耐」に近いのかもしれません。強固な精神力によって苦痛などはねのけられるということでしょう。では『広辞苑』ではどうでしょうか。

『広辞苑』第五版（岩波書店）
心頭を滅却すれば火もまた涼し
（織田勢に武田が攻め滅ぼされた時、禅僧快川が、火をかけられた甲斐の恵林寺山門上で、端座焼死しようとする際に発した偈（げ）と伝える。また、唐の杜荀鶴の「夏日題悟空上人院」の詩中に同意の句がある）無念無想の境地に至れば火さえも涼しく感じられる。どんな苦難に遇っても、その境涯を超越して心頭にとどめなければ、苦難を感じない意。

こちらはまず括弧でくくられた冒頭部分で、この言葉が戦国時代の歴史的事実に基づく語であり、唐詩にも関連があることが指摘されています。さらに語釈の前半で無念無想の境地、つまり「達観・悟り」の境地を表すのだということを説明し、転じて「根性・忍耐」という意味が生じたと述べています。つまり、一つの事件があって、そこから「達観・悟り」といった意味が生まれ、さらに転じて「根性・忍耐」という意味も出てきたというわけです。

この『広辞苑』の説明を読めば、どちらかだけが正解ではなく、両方正解なのだということがわかります。しかし「達観・悟り」と「根性・忍耐」ではだいぶん意味が違います。いったいこれはどういうことなのでしょうか。同じ故事成語なのに、二つの異なる使われ方があるのでしょうか。あるいは「漁夫の利」などと同様に、言葉の意味が変わってしまった結果なのでしょうか。

これからその謎を解明していきたいと思います。

一、甲斐恵林寺でのできごと

まずこの節では「心頭を滅却すれば火もまた涼し」を有名にしたできごとについて確認していきましょう。『広辞苑』によれば織田家と武田家の戦いが背景にあるようです。織田と武田の戦いといえば、戦国時代ですが、この時代に何があったのでしょうか。

　まず『広辞苑』に名前が挙がっていた恵林寺というお寺についてです。このお寺は乾徳山（けんとくさん）恵林寺といい、臨済宗妙心寺派（りんざいしゅうみょうしんじ）に属し、現在も戦国時代と同じ山梨県甲州市塩山（こうしゅうしえんざん）にあります。JR中央線塩山駅からバスで十分ほどの距離にある由緒正しいお寺です。

　恵林寺の山門（さんもん）（三門ともいいます）の右側には石碑が建っており、山門の左右にも文字が書かれています。いずれも同じ内容です。「安禅不必須山水、滅却心頭火自涼」という十四文字が書かれているのがおわかりになりますか。

図１　恵林寺山門（著者撮影）

この後半の「滅却心頭火自涼」は書き下せば「心頭を滅却すれば火も自ら涼し」、つまり今回取り扱う「心頭を滅却すれば火もまた涼し」とよく似ています（「また」と「自ら」の違いは第四節参照）。山門そのものにも書かれ、隣の石碑にも書かれているこの句は、恵林寺にとって非常に重要な意味を持つのだろうということがうかがえます。ではいったいどんな事件があったのでしょうか。

図２　恵林寺境内の石碑（著者撮影）

『広辞苑』には「織田勢に武田が攻め滅ぼされた時、禅僧快川が、火をかけられた甲斐の恵林寺山門上で、端座焼死」したことが説明されています。その詳しい事情を見ていきましょう。

快川紹喜は一五〇二年、尾張国に生まれました。若いうちに出家し、のちに仁岫宗寿という高僧の弟子になります。快川は仁岫宗寿に与えられた道号、紹喜は幼少期の師匠である隠峰紹建から与えられた諱です。快川紹喜はお坊さんとしての名前であり、出家する前には別の名前があったはずですが、もともとの名前は明らかになっていません。彼は修行を積んで立派な禅僧となり、一五五五年、恵林寺の住職となります。翌年、恵林寺を離れますが、一五六四年に快川は再び恵林寺の住職となり、また翌年恵林寺を離れます。さらに一五六七年に恵林寺に戻ってきて、その後は一五八二年に亡くなるまで恵林寺で住職を続けていたようです。なぜこのようにたびたび恵林寺に戻ってきたのかといえば、甲斐の武田信玄が快川に深く帰依(きえ)しており、彼に住職を務めてほしいと願っていたからです。武田信玄といえば「風林火山(ふうりんかざん)」が有名ですが、信玄の軍の旗にこの文字を大書したのが快川です。軍の士気に関わる、つまり戦争の勝敗、武将の運命に関わるような重要な旗の揮毫(きごう)を依頼していることからも、信玄が快川をどれほど信頼していたのかおわかりいただけるかと思います。ちなみにこの旗の現物は、恵林寺の信玄公宝物館に所蔵されています（コラム①「「風林火山」と『孫子』」参照）。

恵林寺の快川に深く帰依した信玄は一五七三年に病で亡くなります。信玄の墓所は恵林寺にあり、また信玄の法要を取り仕切ったのは快川でした。息子の武田勝頼(かつより)が信玄の後を継ぎました。織田信長に攻め込まれ、一五八二年、天目山の戦いに敗れた武田勝頼は、旧暦三月十一日、自刃(じじん)して亡くなります。そのわずか二十日ばかり後に、織田信長の軍が恵林寺を取り囲みました。織田軍は快川らが恵林寺に武田の関係者を匿っているのではないかと疑いましたが、快川らは知らぬ存ぜぬで通します。とうとう織田軍は恵林寺に避難してきていた他寺の僧らを含む百人前後の僧や寺の関係者を、山門に押し込めました。そして火を掛けて殺してしまったとされています。これが旧暦四月三日のできごとです。

以上は、様々な史料の中から、主なポイントを整理したものです。しかし、史料によって記載されている内容が少しずつ異なります。では、実際にはどのように記録されているのか、いくつかの史料を見てみましょう。

例えば太田牛一『信長公記』は慶長十五年（一六一〇）ごろに成立したとされている書物です。信長公と冠されているタイトルからもうかがえるように、織田家の側からの記録になります。巻之下の天正十年（一五八二）四月三日の記事を見てみましょう。原文は少し読みにくいものですので、大まかに現代語訳してみます。

> 寺の中の者たちは老いも若きも山門に追い立てられ、応門から山門にかけて草を積み上げ火を付けられた。最初は黒い煙が立ち上り、だんだんと煙がおさまるとすっかり焼け焦げた人の姿が現れたが、快川長老は静かに坐したままびくりとも動く様子はなかった。それ以外の者たちは老いも若きも躍り上がり飛び上がり互いに抱きつき熱さに悶えて非常に苦

しみ、目も当てられぬ様であった。（略）恵林寺は滅ぼされ、老いも若きも身分の上の者も下の者もあわせて百五十人以上が焼き殺されることとなった。

織田軍の者たちが僧たちを山門に追いやり、草を積み上げて山門を焼き、黒い煙がおさまると死んでいく者たちの阿鼻叫喚の様子が見えたという、非常に凄惨な記録となっています。しかし、『広辞苑』の解説にあった「端座焼死しようとする際に発した偈」である「心頭を滅却すれば火もまた涼し」についての記録は見えません。織田軍の者たちは山門の中にはおりませんので、燃えさかる山門の中で何が起こっていたのかを知ることができなかったのも、当然のことといえるかもしれません。

山門の中の様子を今に伝える記録のうち、比較的古いものに『甲乱記』という書物があります。著者や成立時期については諸説ありますが、少なくとも十七世紀半ばには流通していた書物のようです。『甲乱記』の「甲」は甲斐、「乱」は戦乱の意味であり、甲斐の武田氏の波乱の歴史を描く書物ですから、武田氏側の史料といえるわけですが、この『甲乱記』下巻「恵林寺炎滅並織田信長の事」にも『信長公記』と同様に、恵林寺の僧たちが山門に押し込められ、むごたらしく焼き殺された様子が記録されています。同じ場面を引用してみます。なお本文は京都大学附属図書館所蔵の『甲乱記』（正保三年（一六四六）刊）をもとにしましたが、『国史叢書』（国史研究会、一九一六年）などを参照して表記を適宜改めてあります。

武士、寺中へ執り入り、さて御出家衆は、各〻山門へ上り給へと申しければ、信と心得、国師を始め奉り、我も我もと上り給ふ。喝食若衆(かつじきわかしゅ)達迄、悉(ことごと)く上りけり。其後、梯(はしご)をはづし、門前よりも草屋を壊(こぼ)ちて、山門の下に積み重ね、それに火を付けたりけり。猛火、次第に焼上りけれども、国師は少しも騒ぎ給はずして、長禅寺(ちやうぜんじ)の長老高山(かうざん)和尚に問うて曰「三界無安、猶如火宅、向何所廻避」

答曰「覿面露堂々」

又問「作麽生是堂々底」

答曰「滅却心頭火自涼」

其後(そのご)国師は、結跏趺坐(けつかふざ)叉手当胸(しやしゆたうけう)して、綿密の工夫の外、更に他事なし。其外、若僧(にやくそう)達は刺違(さしちが)へ、炎の中に飛入(とびい)つて、死するもあり。或は柱に抱き付きて、其儘(そのまま)焼死するもあり。或は五人三人抱き合ひて、共に死するもあり。又喝食若衆達は、出家に取付きて、喚(な)き叫ぶ有様は、只焦熱大焦熱(ただせうねつだいせうねつ)の炎の底の罪人も、斯(か)くやと思ひ知られたり。前世の業因をば、如何なる有知高僧の尊宿も、遁れ給はざりけるにや、哀なりし次第なり。焼静まりて後、此焼骸を数ふるに、国師を始として、紫衣の東堂五人、黒衣の長老九人、総じて僧達七十三人、少人十一人、以上八十四人、焼炭の如くなる死骸、是に重恵せり。

織田軍の武士たちに促されて、僧侶のみならず寺に仕える者たちまでも山門に上ったところで、はしごを外され、火を掛けられたという経緯はおおよそ同じです。でも『信長公記』と大きく違う点があります。それは燃えさかる山門の中での最期の会話が記録されているところです。そこだけ漢文になっていますから、一般的な書き下しに改めて、丁寧に見ていきましょう。

快川和尚が、長禅寺の長老である高山和尚に問いかけるところから禅問答は始まります。

曰く「三界に安きこと無し、猶お火宅の如し、何れの所に向かいてか廻避せん」と。

答えて曰く「覿面露堂々」と。

又問う「作麼生是れ堂々底」と。

答えて曰く「心頭を滅却すれば火も自ら涼し」と。

まず快川和尚が「この世界には安らかな場所などなく、どこもかしこも苦しみに満ちていると『法華経』にあるが、どこに行けばその苦しみから逃れられるであろうか」と尋ねます。高山和尚の答えは「堂々と向きあうことです」というような意味でしょうか。快川が重ねて問いかけます。「堂々とはどういうことか」、それに対する高山の答えが「心頭を滅却すれば火も自ら涼し」でした。それを聞いて快川はきっと満足したのでしょう、きちんと座禅を組み、威儀を整えて死に就いたと描かれています。

この史料により、山門の中での最期の会話の中に「心頭を滅却すれば火も自ら涼し」を確認できました。しかし、今読んだ史料では「心頭を滅却すれば火も自ら涼し」を言ったのは高山和尚でしたが、『広辞苑』では快川の言葉になっていました。

ここで『延宝伝灯録』という延宝六年（一六七八）に刊行された禅僧の伝記集を見てみましょう。快川の伝記も掲載されており、もちろん最期の場面も描かれています。事件のあらましは同じですので、最期の会話の部分だけを紹介したいと思います。『延宝伝灯録』ではまず快川が

諸人即今坐火焔裡、如何転法輪、各著一転語為末期句。（諸人即今火焔の裡に坐す、如何に法

輪を転ぜん、各々一転語を著わして末期の句と為せ。）

と居並ぶ僧らに最期の言葉として人々を悟りへと導く言葉（一転語）を述べるよう促します。皆が述べ終わると、快川自身も一転語を述べます。それが「安禅不必須山水、滅却心頭火自涼」です。つまり『延宝伝灯録』によれば、この言葉は快川が悟りを促す「一転語」として述べていることになります。

『延宝伝灯録』の内容は『広辞苑』と一致します。また後世、広く知られているのも、基本的には『延宝伝灯録』と同じ内容のエピソードになります。これで、『広辞苑』の話がかなり古くまでさかのぼれることが明らかになりました。しかし謎は残ります。そもそも山門で焼死した人たちは記録を残せるはずがないのに、燃えさかる山門の中での最期の会話はいったい誰が見ていたというのでしょうか。

その謎を解くヒントとなるのが湯浅常山『常山紀談』（十八世紀半ば）や桑渓祖田『古徳伝賛』（十九世紀半ば）といった史料です。例えば『常山紀談』（博文館、一九〇九年）の「信忠恵林寺を焼かるゝ事」には禅僧が語り伝えていることとして以下のように記録しています。

又其時楼下に槍先をそろへてあまさじとしたりしに、快川弟子の南華に法の絶なん事くちをしとても逃るべきにあらねども楼より飛て死候へと云ひしかば、南華飛びたりしに群りたる士卒の槍ぶすまを作りたる者ども槍をふせたりしかば、南華たすかる事を得て後豊後月渓寺にありといへり、又つゞいて飛たる者十六人有りといへども其名伝はらずとかや。

燃えさかる山門の下では、織田軍の兵たちが槍を立てて待ち構えています。山門はそれほど高い場所ではないので飛び降りることが可能ですが、飛び降りればその槍の餌食です。そうとわかっていても快川は教え（法）が絶えてしまってはいけないと、弟子の南化（南華）に死ぬ気で飛び降りろと命じます。山門にいれば助かりませんが、飛び降りれば助かる可能性もあるかもしれないと考えたのでしょう。案の定、南化が飛び降りると、下で待ち構えていた兵たちは槍を伏せます。決死の覚悟で飛び降りてくる若い僧侶を殺すに忍びなかったのでしょうか。南化に続いて十六人の僧侶が飛び降りて助かったとあります。つまり全員が殺されたわけではなく、炎に包まれた山門から逃げ延びた人があったということになります。

　また『古徳伝賛』には快川の弟子で、後に阿波国の端厳寺の住職となった一鶚の伝記が見えます。織田軍が恵林寺を取り囲んだとき、一鶚も師の快川とともに恵林寺にいて、山門に追いやられ、炎の中で死んでいこうとしていました。そのときの状況にも言及されています。

　もう助からないと覚悟を決めた僧たち百余人は、快川の周りに威儀を正して座ります。快川は『延宝伝灯録』と同様に、人々を悟りへと導く言葉を一人ずつ述べて最期の言葉としようと呼びかけ、一鶚は「全てを焼き尽くす猛火が燃え盛れば世界は明るくなる（劫火洞然天地明）」と応じました。一人ひとり、最期の言葉を述べ終わったところで快川は一鶚ら弟子にこの場を離れるよう命じます。師の快川とともに死にたいと願う一鶚に対し、快川は教えを途絶えさせるなと厳しく叱り、やむを得ず一鶚は織田軍が槍や刀を立てて待ち構える中に飛び降ります。そのとき足を骨折したものの、一鶚は何とか逃げ延びることができました。『古徳伝賛』によればこのとき十八人の弟子が逃げ延びたとされています。

　つまり、逃げ延びた弟子たちは、燃えさかる山門の中で、最期の法語を語る場に居合わせ、その後に山門を離れたということになります。今引用した史料が書かれたのは、恵林寺が焼かれてから二百年以上後ですが、おそらく助かった弟子たちが同時代の禅僧たち、自分の弟子たちに山門の中でのできごとを語り、それが広まり、記録されるに至ったのだと考えることができます。「滅却心頭火自涼」を述べたのが高山か快川かといった『甲乱記』と『延宝伝灯録』のずれは、伝わっていく過程で生じてしまったものでしょう。どちらが本当か、あるいはどちらも本当ではないのかは、すでに明らかにすることはできません。しかし燃えさかる山門の中で、僧たちが一人ずつ最期の言葉を述べていったと、人々に語り継がれてきたという事実は確かなことといえるでしょう。

以上の記録からわかるように、織田軍によって恵林寺が焼かれ、快川を初め多くの僧侶が焼死したという事件は、非常に凄惨なものでした。以下、その事件を仮に恵林寺故事と呼ぶことしましょう。恵林寺故事は織田氏、武田氏双方の史料に記録されています。また炎上する山門の中の様子は、その場に居合わせながら生き延びた弟子たちによって伝承されたものであろうと考えられます。

しかし、その恵林寺故事の中で、「滅却心頭火自涼」という偈(げ)は中心的な存在ではありません。『延宝伝灯録』では快川の言葉として出てきますが、『甲乱記』では高山の言葉となっていますし、弟子たちの証言を引用している『常山紀談』と『古徳伝賛』には「滅却心頭火自涼」という偈そのものが登場しないのです。

でも、先ほどの写真を思い出してください。現在の恵林寺山門においては、目立つ形で快川の偈が飾られていました。また、国語辞典に載っているくらいに「滅却心頭火自涼」句は広く知られています。つまり、この言葉は恵林寺の歴史を代表する偈の一つであり、恵林寺故事を知らない人も知っていることがあるほどの有名な言葉なのです。では、この知名度はいったいどこから来たのでしょうか。次節で現代のイメージが生まれるに至った経緯について検討してみたいと思います。

コラム①　「風林火山」と『孫子』

武田信玄の言葉として広く知られる「風林火山」。実はこの言葉は中国の兵法書『孫子』軍争篇を下敷きにしています。『孫子』というのは、春秋時代の兵法家である孫武の書いた兵法書で、武田信玄のみならず多くの武将に影響を与えました。『三国志』で有名な曹操も『孫子』を非常に重視したようで、『孫子』の注釈書を書いています。さて、では「風林火山」の元ネタを見てみましょう。

故其疾如風、其徐如林、侵掠如火、難知如陰、不動如山、動如雷霆。（故に其の疾きこと風の如く、其の徐かなること林の如く、侵掠すること火の如く、知り難きこと陰の如く、動かざること山の如く、動くこと雷霆の如し。）

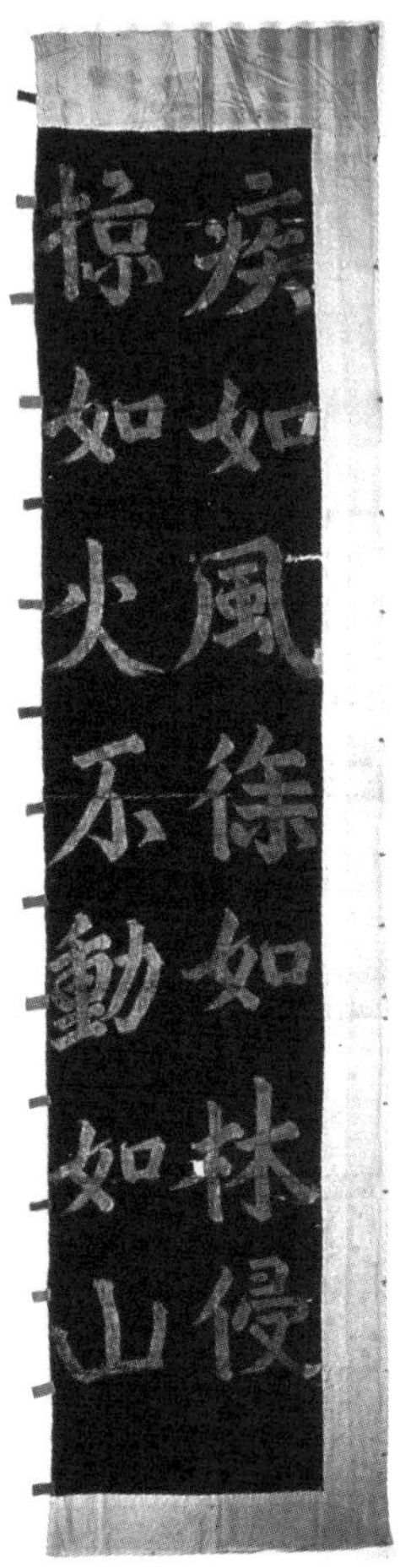

図３　「風林火山」の旗
(歴史博物館信玄公宝物館所蔵)

この『孫子』軍争篇の文は戦争をするときの軍の動かし方の心得です。この二十五文字の中から特に十四文字を選び、信玄は自軍の旗に「疾如風　徐如林　侵掠如火　不動如山」と大書させせました。軍を動かすなら風のように疾く、林のように徐かに、襲うときは炎のように襲い、動かないと決めたら山のように動かない、という意味です。なお、「風林火山」は現代では四字熟語のように使いますが、この十四文字を「風林火山」と略称するようになったのは戦後のことと言われています。つまり、武田信玄は「風林火山」とは言わなかったわけです。

武田信玄の軍旗は現在、恵林寺の信玄公宝物館に所蔵されています。

二、現代のイメージが生まれるまで

明治時代に入ってからも、恵林寺故事を扱っているのに「滅却心頭火自涼」の偈に触れない文献は数多く見られます。

例えば明治二十七年（一八九四）に刊行された『甲斐史談　小学校用』上には「快川国師の話」という章があります。この本はタイトルからわかるように、山梨（甲斐）の小学生向けの歴史の副読本です。地元の歴史を物語のようにわかりやすく書いている書籍で、快川の紹介の部分では、恵林寺故事に多くの文字数を割いています。しかし、この「快川国師の話」という章の中には「滅却心頭火自涼」への言及は一切見られません。

あるいは明治四十二年（一九〇九）刊行の旭堂南陵『豊臣秀吉』第二編という小説でも、恵林寺故事が描かれています。織田軍が山門に火を付けてからの場面を抜粋します。

> 乱暴な殺し様もあつたものでパチパチ〳〵燃え出すと、快川和尚は座禅を組んで端然と両眼を閉ぢ「アーア、織田信長こそ憎むべき仏敵である、悪魔外道ぢやわい」と口の中で経文を唱へて居られる、他の弟子僧一同は「ヤア苦しい……煙い……」といつて叫んで居る

> が、実に目も当てられない悲惨なる有様、此世からなる焦熱地獄の責苦でございます、ワア〱喚き叫んで居るうちに、黒煙は忽ち天に漲り、山門がドツと燃え上つた、アレヨ〱といふ中に、五十余名の僧侶は残らず煙りに咽せて焼死に、山門の甍もドツと落ちてしまつた

快川和尚が経を唱え、端然として死に就いたことは書かれていますが、辞世の偈を唱えたとは描かれていません。このエピソードの中で重要なのはこのような「乱暴な殺し様」に遭っても、快川が泰然自若としていたことであり、それを表現するためには燃えさかる山門の中で落ち着いて座禅を組み亡くなっていったことこそがポイントだったのだろうと思われます。

つまり、明治末までの時期にも様々な形で恵林寺故事は描かれるけれども、そのクライマックスであるかと思われた「滅却心頭火自涼」は必ずしも言及されてはいないのです。むしろ「滅却心頭火自涼」の重要度は比較的低く、ぜひ描かれなければならないエピソードであるとはみなされていませんでした。

しかし、この言葉の位置づけの画期となるのも、同じく明治時代であったようです。『戦時

布教材料集』（顕道書院、明治三十八年（一九〇五））には、快川の最期を以下のように描いています。

> 処でその火が炎々として燃へ揚らんとしますと時に当り快川老師は悠然として一般の僧に向ひ諸人今この火に向ひ末後の一句を陳べよと申されましたけれど、誰れも何とも云はなんだものと見へ、快川老師は衆に代りて
>
> 　安禅不必須山水　滅却心頭火亦涼
>
> と説きて猛火漸く袖につき来るも、ヂツトして動かず死につかれたと申すことであります

他の者たちが誰も偈を述べなかったことになっているなど、細部には異なる点はありますが、快川が周囲に偈を述べるように促し、自身は「滅却心頭」の偈を述べたという点は、第二節で見た『延宝伝灯録』と一致します。

この書籍では、さらに法然上人が流罪になった際、たとえ死刑になったとしても考えを変えないと弟子たちに語った故事を挙げ、両者について以下のような結論を述べています。

こんな例を出し来れば限りなきことであるから、これで止めましようが、つまり快川老師であれ、法然上人であれ、真に恐るべき勇気ではありませぬか、死を少しも恐れぬと云ふはまことに勇気の極(きょく)であります、この人は勇気を得るのが必要であると共に、信仰を得るのが最も必要であります、信仰を得れば自然に勇気がそれに附(つい)て来ますよ。

この結論から、筆者が快川と法然に共通していると考えているのは「死を少しも恐れぬ」という際だった勇気であり、かつそれを称揚するための文であることがわかります。

ここでこの文が掲載されている書物がどのような本であったのかを考えてみましょう。『戦時布教材料集』という本は、仏教の布教のための説教の実例を集めた書籍ですが、戦時、つまりこの本が刊行された一九〇五年、日露戦争を背景とした説教集であり、意識されているのはロシアという強大な国家との戦争下における生き方です。特にこの文では死をも恐れぬ勇気を賛美していますから、兵士やその候補である若者、あるいはその家族らに語って聞かせた説教であったと思われます。

江戸時代の農民は農地のため、家族や村のために命を賭けることはあったかもしれませんが、日本という国のために命を賭けるなどという発想はなかったのではないかと思います。そういった人たちが徴兵され、国のために戦い、国のために命を賭けるよう求められることになったのが明治という時代です。しかもそこで清国やロシアとの戦争に駆り出されるという、江戸時代の農村ではなかなか考えられないような事態が生じたのです。神仏分離、廃仏毀釈の流れの中で窮地にあった仏教は時代の要請に逆らえず、国家主義的な現状にコミットせざるを得なかったのでしょう。そこで仏教の布教に際しては、国家のために死ぬことを恐れぬ勇気といったものを、武田氏に殉じて死んでいった快川の最期の姿に見いだすこととなりました。

もちろん、快川は必ずしも武田氏のために死んだのではないでしょう。まして国家のために死んだのではありません。ですが、織田軍に屈することなく端座して死に就いた快川の劇的な最期は、死をも恐れぬ勇気の称揚に恰好の題材でした。その舞台装置には快川の「滅却心頭火自涼」という苛烈な偈が相応しいものだと考えられたのでしょう。「滅却心頭火自涼」は明治の末ごろから次第に恵林寺故事の中心を占める要素となっていきます。

さらには、この偈が日本人のあるべき国民性を代表する言葉であるかのように扱われる事態さえ生じてきました。例えば昭和十八年（一九四三）に刊行された難波専太郎『現代日本名画鑑賞』（建設社）には、野田九浦の「恵林寺之快川」という絵についての評論「戦時意識を想わす「恵林寺の快川」」が掲載されています。この評論はもちろん絵を評価しているものですが、同時に快川という人物への評価も読み取れます。一部分を抜粋してみましょう。

快川は猛火に負けなかつた。勝ちきつた。われわれも勝ちきらねばならない。この快川の境遇と偉大な精神がそれに似た境遇（高芝注：第二次世界大戦下）にゐるわれわれ非常時の国民の勝ちきる精神、堪へ忍ぶ心を盛つたところにこの絵に意義がある。快川は今更言ふまでもなく

——安禅ハ必ズシモ山水ヲ須ヒズ、心頭ヲ滅却スレバ火モ亦涼シ

の偈と共に周知の傑僧である。

快川は山門において焼死しましたが、彼は揺るぎない心を持ち、泰然と死に就いたとされており、ここで難波専太郎はその精神を称えて「負けなかつた。勝ちきつた」と表現しているのです。それが戦時下の日本国民の目指すべき精神であるとして「勝ちきる精神、堪え忍ぶ心」を象徴しているとも指摘しています。さらに「滅却心頭」の偈とともに周知であると述べていることから、この偈が恵林寺故事や快川の人柄を代表するものとしてすでに広く知られていた

ことがわかります。

もちろん、明治後期以前にも恵林寺故事は有名であり、快川個人が称揚されることは多くありました。しかし「滅却心頭」の偈は恵林寺故事の中核ではありませんでした。それが明治後期以降、国のためには死をも恐れぬ勇気、あるいは勝利のために堪え忍ぶ心といった、戦時に求められる精神性を象徴するものとして、「滅却心頭」を唱えた快川、そしてその偈そのものも利用され、広く知られるようになったのです。

第二次世界大戦後には、日本という国の在り方も大きく変わりました。国のためには死をも恐れぬ勇気、あるいは勝利のために堪え忍ぶ心といった、戦時下に重要視されていた考え方は求められなくなりました。では、「滅却心頭」の偈は人々の記憶から消えていったのかといえば、もちろんそのようなことはありません。

ここで三つほど、例を見てみましょう。まずは一九九〇年に刊行された六道慧『羅刹王（らせつおう）』（富士見書房）という小説の中の一節です（検索には「現代日本語書き言葉均衡コーパス」を使用）。

「腹減ったなあ」

そう口にする度に、よけい空腹感を覚えた。心頭滅却すれば火もまた涼し、なることわざを実行しようと努力するが、一向に空腹感は消えなかった。

ここには山門で猛火に包まれて端然と死に就いた快川の悟りもなければ、戦時下の国家のためには死をも恐れぬ勇気などというものもありません。ただ心を空っぽにすれば苦痛を忘れることができる、というやせ我慢に似た意味合いの「ことわざ」として扱われています。

もう一つ、例を挙げます。宮下あきら『魁(さきがけ)!!男塾(おとこじゅく)』文庫版二十巻（集英社）には、以下のような場面があります。

男塾の塾長である江田島平八が宇宙空間から日本に帰ろうという場面です。スペースシャトルに乗り込んで帰還しようとしたものの、それが叶わなかった彼は、大気圏に突入していくスペースシャトルに鎖で我が身を縛り付けます。この漫画は非常に破天荒な物語ですから、超人的な肉体と精神の持ち主である江田島平八は無事に日本に帰還しますが、そのようなことをすれば普通の人類であれば宇宙服ごと燃え尽きてしまうのが当然であり、生きていられるはずがありません。そんな無茶な状況で、彼が叫ぶのが「心頭滅却すれば火もまた涼しじゃーっ!!」という台詞なのです。これはある意味では死をも恐れぬ勇気ではありますが、国のために命を賭けるといった文脈ではありません。むしろ「無理が通れば道理が引っ込む」といった、無謀をやり通そうとする「勇気」です。

次頁の図5ははるき悦巳『じゃりン子チエ』第百六十話（双葉社）の一場面です。あくまで自己申告ですが、「一〇〇度でふっとう」している豚汁を浴びたマサル少年が、自身を快川に重ねています。マサルの自己評価は「根性で頑張った」であり、快川もまた「根性出したから」と火を涼しいと言ったのだと彼は考えているようです。快川については「そんなん人間と違うやん」と友人タカシから一言で切り捨てられています。ここには戦前、戦中の文献に見えるような崇高な快川像はありません。刑事ごっこに興じる最中に熱々の豚汁をかぶってしまった少年が、自らの状況を端的に表すために「滅却心頭」の偈を使っており、日常生活の中にまでこ

図4　集英社文庫『魁!!男塾』20巻99頁
(©宮下あきら／集英社)

図５　双葉文庫『じゃりン子チエ』7巻341頁
(©はるき悦巳／家内工業舎・双葉社)

当用例は聖学院大学非常勤講師福田素子氏よりご教示を賜りました。心より感謝を申し上げます。

の言葉が降りてきているわけです。しかも、「根性で頑張った」という意味で使われています。つまり「滅却心頭」の偈は、戦後の価値観の変化にあわせ、国のため、勝利のためといった要素が抜け落ちた結果、やせ我慢のような忍耐や無謀をやり通そうとする勇気を表現する言葉へと変貌を遂げたと考えられます。

ここで、『広辞苑』の解釈に立ち戻ってみましょう。

無念無想の境地に至れば火さえも涼しく感じられる。どんな苦難に遇っても、その境涯を超越して心頭にとどめなければ、苦難を感じない意。

先ほど挙げた六道慧『羅刹王』と宮下あきら『魁!!男塾』、はるき悦巳『じゃりン子チエ』の用例はこの解釈で理解できます。その精神の在り方によって「苦難を感じない」でいられることを、「滅却心頭」の偈によって表現しているわけです。この使われ方は、快川の本来的な使い方とも、戦前戦中の使い方とも異なります。この用法は、戦後になって生まれてきたものであり、時代の価値観の変化にあわせて、言葉もその意味あいを変えてきたのだということができるでしょう。

ここまでの内容をまとめておきます。

明治末までは恵林寺故事において「滅却心頭」偈は最重要エピソードではありませんでした。それが明治末ごろから日本国民の目指すべき精神性の称揚に利用されるようになりました。さらに、戦後、そこから国家主義的な要素が消えて、今ある「根性・忍耐」といった用法が登場してきたのです。なお最近では、次第に「勘違い・思い込み」という意味の用例が増えてきているように見えます。この言葉はまだまだ変化し続けるのかもしれません。

ここまで、快川から現代に至る「滅却心頭」偈の意味あいを追いかけてきました。次節では「滅却心頭」という言葉がどこから来たのかを探っていきます。

三、言葉の歴史を遡る

快川の師匠は仁岫宗寿という人でした。快川は優秀な弟子でしたので、その法嗣（ほっす）（教えを受け継ぐ人）と認められ、また京都の妙心寺という大きな寺の住持（住職）をつとめたこともあります。仏教には多くの宗派がありますが、快川が所属していたのは臨済宗という禅宗の一派で、臨済宗では『碧巌録』（へきがんろく）という書物が重視され、僧たちはこの本を熱心に学んでいました。

『碧巌録』とはどのような本だったのでしょうか。作者は北宋・雪竇（せきちょう）（九八〇～一〇五二）

という臨済宗の僧侶です。内容は禅にまつわる問答を集めたものでした。問答集である『碧巌録』に対し、北宋・圜悟（一〇六三～一一三五）という臨済宗の僧が、様々なコメント（垂示、著語、評唱）を付けました。日本で広く読まれていたのは圜悟のコメントまでを含めた『碧巌録』です。なお、雪竇の書いた部分は本則と呼びます。

この『碧巌録』の第四十三則に「滅却心頭火自涼」という言葉が出てきます。第四十三則は「洞山無寒暑」というタイトルです。洞山は僧の名で、唐代の洞山良价禅師という方です。この高名な禅僧に、別の僧が質問をしたときの対話が本則に紹介されています。まずその会話を見ていきましょう。

挙。僧問洞山、「寒暑到来、如何迴避」。山云、「何不向無寒暑処去」。僧云、「如何是無寒暑処」。山云、「寒時寒殺闍黎、熱時熱殺闍黎」。（挙。僧洞山に問う、「寒暑到来すれば、如何に迴避せん」と。山云う、「何ぞ無寒暑の処に向かい去らざる」と。僧云う、「如何なるか是れ無寒暑の処」と。山云う、「寒時は闍黎を寒殺し、熱時は闍黎を熱殺せん」と。）

禅問答ですから、内容が少し難しいのですが、臨済宗建長寺派管長菅原時保禅師の『碧巌録講演』其十八（三井考査課、一九三九年）を参照しながら、意味を確認していきましょう。ある僧侶が良价禅師に「苦しい夏の暑さ、冬の寒さからはどこへ逃れたらよいでしょうか」と尋ねました。ここに見える夏冬の苦しさとは、現実の暑さ寒さの苦痛であるとともに、人生についての比喩でもあります。僧侶が実際に尋ねたいのは、生きる苦しさ、死ぬ苦しさから逃れるにはどうしたらいいか、ということなのです。その問いかけに対し、良价禅師は「寒暑のないところに行きなさい」と教えます。しかし僧侶はその教えを理解できなかったようで、「寒暑のないところとはどこでしょうか」と詳しい説明を求めます。それに対し、良价禅師は言葉を換えて、「寒いときは徹底的に寒がり、暑いときは徹底的に暑がりなさい」と教えたと書かれています。

さて、今見た部分が四十三則の本則の部分ですが、この対話について圜悟がコメント（評唱）を付けています。その冒頭に引かれた黄龍新和尚のエピソードを読んでみましょう。

黄龍新和尚拈云、「洞山袖頭打領、腋下剜襟。争奈這僧不甘、如今有箇出来問黄龍。且道如何支遣」。良久云、「安禅不必須山水、滅却心頭火自涼」。（黄龍新（こうりゅうしん）和尚拈して云う、「洞山袖頭に領を打し、腋下に襟を剜る。這の僧の甘ぜずして、如今箇の出で来て黄龍に問う有らば争奈せん。且く道え如何にか支遣せん」と。良や久しくして云う、「安禅は必ずしも山水を須いず、心頭を滅却すれば火も自ら涼し」と。）

この黄龍新和尚（一〇四四〜一一一五）とは、中国の隆興府黄龍（現在の江西省南昌市）の人で、死心悟新禅師とも呼ばれる高名な禅僧でした。彼は良价禅師らの問答について、質問した僧侶がまだ納得せずに自分に質問してきたら何と答えてやったらよいだろうかと思案しています。そして彼は「安禅不必須山水、滅却心頭火自涼」と応じようとの考えに至ったのです。ここでやっと「心頭を滅却すれば」が出てきました。

この言葉は、生きる苦しみ、死ぬ苦しみから逃れるためにはどうしたらいいのか、という問いかけへの一つの答えとして示されたものです。死心悟新禅師は心頭を滅却しなさい、つまり、心の中を無にしてしまいなさいと言っています。そうすれば「火も自ら涼し」という状態に至る、すなわち火の熱さも涼やかになって苦痛を感じなくなる、暑さ寒さの苦しみ、生きること死ぬことの苦しみから逃れることができるのです。それが死心悟新禅師の出した答えでした。

この『碧巌録』は中国の北宋時代に書かれた臨済宗の書物ですが、先ほど説明した通り、日本の臨済宗の僧侶たちは熱心にこの本を読んで学んでいました。ですから、快川が辞世の偈とした「心頭を滅却すれば火も自ら涼し」は、その場で考え出した言葉ではなく、『碧巌録』の死心悟新禅師の言葉を踏まえ、燃えさかる山門の中で死にゆこうとする自身や仲間たちの境地に重ねて、選び出した言葉だったのです。

ではこの「心頭を滅却すれば火も自ら涼し」は、死心悟新禅師がゼロから考え出した言葉なのかというと、そうではありません。これにも基づくところがあります。それは晩唐の杜荀鶴（とじゅんかく）という詩人が作った「夏日題悟空上人院」（『唐風集』巻三）という詩の後半に見えます。

三伏閉門披一衲　　三伏に閉門し一衲（いちのう）を披（き）る
兼無松竹蔭房廊　　兼ねて松竹の房廊を蔭（おお）う無し
安禅不必須山水　　安禅は必ずしも山水を須いず
滅得心中火自涼　　心中を滅得（めっとく）すれば火も自ら涼し

これは悟空（ごくう）上人という禅僧に対して、友人である杜荀鶴がプレゼントした詩です。詩をプレゼントするというのは、現代の私たちにはあまりイメージがわきませんが、当時の知識人たちはご挨拶代わりに詩を贈るということを好んで行っていたようです。ご挨拶の詩の内容はどのようなものでしょうか。訳してみましょう。

悟空上人は三伏の暑い盛りに門を閉ざして、普段通りの僧衣を着ておられます。僧院は松や竹の木陰に覆われている涼しい木陰などではありません。けれども禅の修行というのはそのような山水がなくてもできるもの。心の中を無にしてしまえば火のような夏の暑さの中でさえ涼しく過ごせるのですね。

詩人はこのように詠って、暑い盛りにも端然と修行を続ける悟空上人を称えています。つまり、暑くても取り乱さず、普段通りに過ごしているのは、悟空上人の心の持ち方が優れているからであり、そこを褒めているわけです。では優れた心の持ち方とはどのようなものでしょうか。杜荀鶴は「滅得心中」と描いています。快川の偈や『碧巌録』で見た「滅却心頭」とは少し文字の違いはありますが、内容は同じでしょう。つまり心の中を無にしておられるので真夏の暑さも苦にならない、その境地に達している悟空上人は素晴らしい、と褒めているのです。

『碧巌録』の死心悟新禅師の言葉は、杜荀鶴の詩を踏まえていると見て、間違いはないでしょう。

ここまでに見てきた通り杜荀鶴の詩も『碧巌録』での引用も、また江戸時代までの快川の偈に関する文献でも、「火もまた涼し」ではなく「火も自ら涼し」となっています。ところが日本で現在広く用いられる故事成語は「火もまた涼し」の方です。これがどこから来た言い回しなのかということについては、よくわかっていません。もしかしたら最初は覚え間違い、書き写し間違いなどだったのかもしれません。いずれにせよ、明治時代ごろから「火もまた涼し」という表現が見え始め、こちらの方が意味を理解しやすいためか、現代では「火もまた涼し」がより一般的な言い方となっています。

ではこの杜荀鶴の句は、杜荀鶴の発明でしょうか。確かにこの二句は杜荀鶴が作った表現です。つまり、快川の偈の元ネタは『碧巌録』であり、『碧巌録』の元ネタは杜荀鶴の詩であるといえそうです。でも、実は、杜荀鶴の詩に見える発想と類似した発想を持つ詩が、唐代にはたくさん作られているのです。

仏教は後漢(ごかん)から六朝(りくちょう)時代にかけて中国に広まり、唐の時代にはすでに多くの寺が中国全土に造られており、知識人たちはよく寺に遊びに行っていたようです。自然豊かな寺の敷地内で僧侶と交流したり、塔に登ったりして、辛く苦しい俗世を一時的に忘れ、非日常的な世界を楽しんだのです。寺は現代におけるテーマパークや自然公園のようなものだったのかもしれません。特に夏の寺は木陰も多く、涼やかだったのでしょう。涼を求めて寺に遊びに行ったことを詠んだ詩も、たくさん残されています。

例えば、盛唐（せいとう）の王維（おうい）という詩人には夏の暑熱に苦しむ「苦熱」というタイトルの詩があります（『王右丞集箋注』巻四）。長い詩ですので、全文は引用しませんが、結びの四句を見てみましょう。

却顧身為患　　却りて顧みる　身の患（わずらい）と為るを
始知心未覚　　始めて知る　心の未だ覚せざるを
忽入甘露門　　忽（たちま）ち甘露（かんろ）の門に入（い）れば
宛然清涼楽　　宛然（えんぜん）として清涼の楽あらん

「苦熱」は全部で十六句の詩で、十二句目までは夏の暑熱の苦しみを詠い、引用した結びの四句で、仏教によって涼を得たと詠うという構成になっています。王維は暑熱の苦しみを感じることで、自身がまだ悟りに至っていないのだということを思い知らされました。ところが「甘露門」に入るとさながら「清涼の楽」を得たような心地になる、と詠って王維は詩を結んでいます。「甘露門」とは『法華経』巻三などに見える語で、ここでは仏教の教えそのものを指します。「清涼楽」というのも仏典にしばしば見られる表現です。例えば『華厳経』巻五十二には「滅煩悩熱得清涼楽（煩悩の熱を滅して清涼の楽を得ん）」とあります。煩悩を滅ぼせば、清らかな悟りの楽しみが得られるのだという意味でしょう。これは煩悩を暑熱に喩え、煩悩の消えた状態を涼しさに喩えているのです。王維は熱心な仏教徒でしたから、これら仏典の中の表現を知っていたはずです。仏典の中では煩悩を暑熱に喩えていましたが、王維は自分が感じている暑熱を煩悩の一種であると比喩を反転して捉え、寺に行き仏教の教えに触れれば、煩悩は消え去るものだと考えたのです。そして、煩悩が消えれば「清涼の楽」が得られるという仏典の言葉を踏まえ、仏教に触れることで夏の暑さに苦しむことがなくなり、涼やかな楽しみを得たと詠っています。

盛唐の王維の作品を見てきましたが、このような表現は他の詩人にも見られます。日本でも非常に有名な詩人、中唐(ちゅうとう)の白居易(はくきょい)の作品を見てみましょう。

人人避暑走如狂　　人人暑さを避けて走ること狂うが如(ごと)かるに
独有禅師不出房　　独り禅師の房を出(い)でざる有り
可是禅房無熱到　　是(こ)れ禅房の熱到る無かるべけんや
但能心静即身涼　　但(た)だ能(よ)く心静かなれば即ち身も涼し

（『白氏長慶集』巻十五）

詩題に「苦熱題恒寂師禅室」とありますから、白居易は暑さに苦しんでいたときに、恒寂(こうじゃく)師という禅僧の僧房を訪れたのでしょう。白居易は第一、二句で、人々が暑さから逃れようとして苦心しているような真夏に、恒寂師は自分の修行の場である僧房の中に落ち着いておられることを詠います。しかしそれは僧房が涼しいからなどではないのです。ただ恒寂師の心持ちが「静」であるから、肉体が涼やかになるのであり、僧房にじっとしていられるのは恒寂師の修練の賜(たまもの)であると白居易は詠っています。もちろん、これは恒寂師への褒め言葉であり、僧房を訪れた際に贈った挨拶の詩としてぴったりの相応しい内容だったのでしょう。

白居易は「空」ではなく「静」という言葉で表現していますが、詠われている内容は王維の詩とよく似ています。仏教の教えによって暑さから解放され、涼しさを得られるという表現は、盛唐から中唐にかけて繰り返し詠われており、それが仏教や僧侶を褒める表現として用いられるものであったと考えてよさそうです。つまり、白居易らよりも七十年ほど後の時代を生きた杜荀鶴は、こういった文学的潮流を受け継いで「夏日題悟空上人院」詩を作ったと考えられます。「滅得心中火自涼」という句を生み出したのは杜荀鶴ですが、その句は、王維、白居易らによって詠われ、受け継がれてきた発想を本にしており、さらに遡ればもともと仏典の中の表現とも結びついているわけです。

特に白居易の詩は、まず暑い盛りに僧房に籠もっている僧を描き、僧房が涼しいわけではないと述べてから、その僧侶が優れた境地に達しているから涼しい心持ちでいられるのだと種明かしをして僧を褒めるという構成まで、杜荀鶴の詩とよく似ています。もしかしたら杜荀鶴は白居易の詩を知っていて、その発想に学んで自分の詩を作り上げたのかもしれません。

快川の辞世の偈が、北宋の『碧巌録』を経由して、唐詩、さらには仏典にまで繫がっていくことが確認できました。さらにいえば、この発想は仏教に限られたものではなかったようなのです。中国の老荘思想にも、優れた存在は暑さに苦しめられることはない、というよく似た発想を見いだすことができます。

例えば『荘子』（戦国時代の荘周が書いたとされる思想書）の「逍遙遊」に見える藐姑射の神人の話では、神人がどれほど優れているかということを説明している文章の中に、金属が溶けて流れ山が焼けるような中でも暑熱を感じないと記されています。これは藐姑射の神人が非常に優れているという証拠として述べられている言葉です。

藐姑射の神人は伝説上の存在ですが、とても有名な方でした。そのため、後世の文献の中にも様々な形で登場します。ここでは唐代の詩の中に藐姑射の神人がどのように描かれているのかを見てみましょう。中唐の柳宗元という詩人の「夏夜苦熱登西楼」詩を引用します。

諒非姑射子　　諒に姑射子に非ざれば
静勝安能希　　静勝 安んぞ能く希わん

（『柳河東集』巻四十三・部分）

詩題によれば、夏の夜、暑さに苦しんで寝付けず、楼に上って作った詩です。しかし今でいう熱帯夜のような夜だったのか、楼に登っても暑いばかりで、少しも涼を得ることができなかったようです。柳宗元はこの詩を引用した二句で結んでいます。私は姑射子ではないので涼しくなどなれるはずがないのだと詠っているのです。この「姑射子」とは先ほど見た藐姑射の神人のことです。暑くて堪らず、涼しそうな楼の上に上がったものの涼しくなれなかった柳宗元は、藐姑射の神人を思い出したのでしょう。藐姑射の神人のように優れた人であれば、暑さの中でも涼しく過ごせると『荘子』に書いてありました。それを柳宗元は「静勝」と表現しています。「静勝」とは、『老子』第四十五章に見える「躁勝寒、静勝熱。清静為天下正（躁は寒に勝り、静は熱に勝る。清静もて天下の正を為せ）」という句を踏まえています。これは騒々しく（躁）あれば寒さを退けることができるが、静かであれば暑さを退けることができるとの意味です。柳宗元は、自身の心が「静」ではないので暑熱に打ち勝つことができなかったと詠っているわけです。

こういった「静」であれば暑い中でも涼しく過ごすことができるという老荘思想的な発想は、隠者を褒める表現にも見いだすことができます。隠者というのは老荘思想を学んで、俗世から離れて山の中などで暮らす人を言います。ある夏の日、中唐の詩人姚合は丘亢という隠者（処士）に詩を贈りました。この詩の場合は、会いに行ったときに挨拶として贈った詩ではなく、手紙などに添えて贈ったもののようです。その「夏日書事寄丘亢処士」という詩を見てみましょう（『姚少監詩集』巻三）。

暑天難可度　　暑天は度（ど）すべくも難（かた）し
豈復更持觴　　豈（あ）に復（ま）た更に 觴（さかずき） を持たんや
樹裏鳴蟬咽　　樹裏に鳴蟬咽（むせ）び
宮中午漏長　　宮中に午漏（ごろう）長し
病夫心益躁　　病夫の心は益々（ますます）躁にして
静者室応涼　　静者の室は応（まさ）に涼たるべし
幾欲相尋去　　相尋ねて去（ゆ）かんとするを幾（ねが）うも
紅塵満路旁　　紅塵は路旁（ろぼう）に満つ

酒を飲んでも耐えられないほどの夏の暑い盛り、蟬が咽ぶように鳴き、朝廷のある宮中で仕事をする日中の時間はとても長く感じられると、前半二句で詠います。そして姚合は友人である丘亢の隠遁場所は涼やかであろうと想像しつつ、自分は俗世にある身ゆえに訪問することも叶わないのだと後半二句で詠うのです。仕事が忙しくて会いに行かれないけれども、君のことを思っていますよ、という挨拶の詩なのでしょう。

姚合自身は宮仕えの身です。つまり俗世にいることになります。姚合はそのとき病気がちだったのでしょうか、自身のことを「病夫」と呼び、山中に住む隠者の丘亢を「静者」と称しています。そして自身の心が「躁」であると述べていますが、「躁」とは「静」の反対の状態です。暑いさなかに心が「静」であれば涼を得られるという『老子』に基づく発想は、先に見た柳宗元の詩にもありました。姚合も同じ発想のもとに、友人である丘亢の住まいは「涼」であろうと想像しています。

この「静者室応涼」という発想は、白居易の「但能心静即身涼」、杜荀鶴の「滅得心中火自涼」の発想と極めてよく似ています。しかし、姚合のこの詩は、仏典を学んで作り上げたものではなく、『老子』『荘子』などの老荘思想の中に根付く思想を踏まえて作ったものと考えるべきでしょう。でも、この発想は確かに漢訳仏典中の発想とも一致しています。当時の知識人たちの多くは儒学のみならず、仏教や道教（老荘思想）についても深く学んでいました。どれかが正しくどれかが間違っていると考えるのではなく、三者いずれをも学び、折り合いを付けて取り込んでいく人が多かったようです。それが可能であったのは、それらの発想に共通する点があったからでしょう。ここで見てきた「静」によって暑いさなかにも涼しさを得るという発想は仏教と道教に共通しており、僧侶や隠者のいずれに対しても用いることができる褒め言葉であり、挨拶の表現であったというわけです。

快川の辞世の偈から遡って、唐代の詩にまで話を進めてきました。もちろん快川の偈は『碧巌録』という禅宗の書物を踏まえており、生死の苦痛を退けるための悟りの言葉として理解するべきでしょう。しかし『碧巌録』の引用元である杜荀鶴の詩そのものは、発想を仏典に依拠してはいますが、実際には唐代の詩人たちが僧侶に贈る、定番のご挨拶の表現であったのではないかと思うのです。詩に詠われているのは仏教思想に基づいた深い洞察などではなく、暑いさなかにもきっちり僧衣を着込んで修行をしている悟空上人への敬愛の気持ちです。それを『碧巌録』で死心悟新禅師が巧みに引用して、人の生死の苦しみを論じる文脈に移し替えました。それをさらに快川が、自身の死に場所での最期の偈に引用し、新しい意味を与えたのでしょう。つまりこの言葉は快川に到るまでにすでに様々な意味を持たされていたと考えられるわけです。

さて、この節では死心悟新禅師や快川の引用の在り方を見てきましたが、これは特殊なことではありません。禅宗では他の人の言葉を引用して、新しい意味を与えることがよく行われるようなのです。次節では、もう一度、快川の時代に立ち返って、この言葉が当時どのように受け止められている言葉であったのかを、別の角度から検討してみたいと思います。

四、快川和尚の時代

快川が生きたのは戦国時代でした。臨済宗では『碧巖録』が重視され、学ばれていたことはすでに述べましたが、この節ではもう一歩踏み込んで、『碧巖録』に登場する「安禅は必ずしも山水を須いず、心頭を滅却すれば火も自ら涼し」というフレーズが、戦国時代の人々にどのような意味を持っていたのかを考えてみましょう。

快川は臨済宗の妙心寺の住持になったことがあるなど、妙心寺と深い関わりのある人物でした。妙心寺は京都市右京区にある臨済宗妙心寺派の総本山で、現在も非常に大きな寺院ですが、当時から大変な影響力を持っていたようです。快川と同時代、あるいは少し前の時代を生きた妙心寺派の僧たちの残した言葉を追いかけていくと、「心頭を滅却すれば火も自ら涼し」を引用している場面がいくつも見つかります。それは今までに見てきた用例とは少し異なる意味を持つようなのです。

禅僧たちの言行録として「語録（ごろく）」と呼ばれるジャンルの書物があります。「語録」には、その禅僧が語った様々な法語（ほうご）が記録されており、その中に下火（あこ）の法語と呼ばれるものがあります。下火とは中村元（なかむらはじめ）『仏教語大辞典』（東京書籍、一九八一年）によれば「禅宗で火葬式のとき、導師が松火で遺骸を焼く燃料に火をつける作法で、偈文を唱えながら行う」ことです。臨済宗の信徒が亡くなったときには亡骸を埋葬しますが、当時は土葬、つまり亡骸をそのまま埋葬する方法と、火葬という亡骸を焼いてから埋葬する方法とがありました。下火の法語とは信者の亡骸を火葬するときの法語です。具体的には、遺体を焼くために火を投じるときに禅僧が唱える、悟りに導くための偈をいいます。その下火の法語の中に「心頭を滅却すれば火も自ら涼し」というフレーズ、あるいはそれによく似た表現が見いだせるのです。以下に見ていきましょう。

管見の限りの最も古い例としては『虎穴録』が挙げられます。『虎穴録』とは臨済宗の禅僧悟渓宗頓（一四一六～一五〇〇）の語録です。快川が生まれたのは悟渓宗頓の亡くなった翌年ですから、直接面識はありません。しかし、悟渓宗頓は妙心寺の住持であったこともある妙心寺派の高僧です。また、快川の師である仁岫宗寿は独秀乾才に師事しており、その独秀乾才の師にあたるのが悟渓宗頓であることから、快川は悟渓宗頓の弟子筋にあるといえます。つまり、快川は必ず悟渓宗頓のことを知っていましたし、彼の語録を読んでいた可能性が高いと考えられるのです。

この『虎穴録』には多くの下火の法語が採録されています。その中で今回注目したいのは「即堂心公禅定門下火」という法語です。即堂心公禅定門という戒名を与えられた男性を火葬する際に悟渓宗頓が語った法語ですが、長い法語ですから、結びの部分だけを引用したいと思います。なお『虎穴録』の現代語訳には芳澤勝弘『悟渓宗頓　虎穴録訳注』（思文閣出版、二〇〇九年）という本があり、大変参考になります。

安禅不必用山水　　安禅は必ずしも山水を用いず
滅却心頭火自涼　　心頭を滅却すれば火も自ら涼し

引用部分の直前には「咄擲下火把云（咄して火把を擲下して云う）」と割り注形式の記載があります。割り注とは、漢文でしばしば行われる注釈の方法で、小さい文字を用いて本文への説明などを補うものです。ここでは法語を唱える者の動きを説明しているのではないかと思われます。つまり、この法語の場合、「火把」すなわち松明で亡骸を掩う薪などに火を付けながら「安禅不必用山水、滅却心頭火自涼」と唱えて法語の結びとしたと考えられるわけです。『碧巌録』第四十三則に見える死心悟新の言葉と比較すると、五文字目が「須」ではなく「用」になっているという違いがありますが、それ以外は完全に一致しています。先に述べた通り、悟渓宗頓も臨済宗の僧侶であり、『碧巌録』を読んでいるのは間違いないはずですので、彼は死者を悟りに導くための法語の結びに、『碧巌録』第四十三則のフレーズを引用したと考えてよさそうです。悟渓宗頓はこの文だけでなく、「桂林智昌信女下火」という法語でも「安禅不必用山水、滅却心頭火自涼」と結んでいます。これは桂林智昌信女という女性信徒を火葬した際の法語で、こちらでも法語の結びの言葉として用いられていますから、火を付けるときにこのように唱えたようです。『虎穴録』にはこの二つの用例が見えるだけですが、他の語録にも同様の表現が散見します。

東京大学史料編纂所所蔵の『永泉余滴（えいせんよてき）』は、愛知県犬山市にある景徳山永泉寺開創の泰秀（たいしゅう）宗韓（そうかん）の遺稿です。『永泉余滴』の序によれば、泰秀宗韓は『虎穴録』の著者である悟渓宗頓の弟子で、彼が開創した永泉寺は臨済宗妙心寺派に属しています。また泰秀宗韓は十六世紀半ばに亡くなっているようですから、快川よりは少し上の世代だということになります。

その『永泉余滴』上巻に「奇岳宗才禅定門　下火」という下火の法語があります。題下に「梶原左近殿　森下口打死」と注が附されており、梶原左近（かじわらさこん）という武士が討ち死にし、火葬されたときの法語だとわかります。奇岳宗才禅定門は梶原左近の戒名です。下巻にもほぼ同文の「奇岳宗才禅定門　下火」という一文が重複して掲載されており、こちらには題下に「天文十

九庚戌春日井原　討死　正月十七日」との注が付けられているので、これによれば梶原左近は天文十九年（一五五〇）の旧暦一月十七日に春日井原（現在の愛知県春日井市）で討死したようです。この法語の結びを見てみましょう。「試聴山僧挙揚（試みに山僧の挙揚するを聴け）」と呼びかけてから、「抛火把云（火把を抛ちて云う）」と松明を投げ込みこのように言うのです。

鉄牛擘出黄金角　　鉄牛擘げ出す黄金の角
滅却心頭火自涼　　心頭を滅却すれば火も自ら涼し
咄　　　　　　　　咄

『虎穴録』の例と同様に、火葬に際して泰秀宗韓が松明で薪に火を付けるときの言葉です。ご覧の通り、「滅却心頭火自涼」が登場しています。また「滅却心頭火自涼」の前には「安禅不必須山水」ではなく「鉄牛擘出黄金角」という七文字が置かれています。「鉄牛擘出黄金角」とは鉄で作られた牛であっても黄金の角を差し出すとの意味で、もとは南宋・無準師範『仏鑑禅師語録』に見える言葉です。「滅却心頭火自涼」についてもそうですが、禅僧は様々な文献から相応しい言葉を選んで引用して、法語の中に組み込んでいくというのがよくわかります。

もう一つ例を挙げましょう。『見桃録』は大休宗休（一四六八〜一五四九）の語録です。大休宗休もまた臨済宗の僧侶であり、その師特芳禅傑は雪江宗深の弟子でした。悟渓宗頓も雪江宗深の弟子でしたから、つまり特芳禅傑は『虎穴録』の悟渓宗頓の兄弟弟子にあたる人です。また特芳禅傑、大休宗休ともに妙心寺の住持をつとめていたなど、快川との縁は浅くはありません。この大休宗休の『見桃録』の中にも、「滅却心頭火自涼」が引用されています。なお『見桃録』には複数のテキストが現存していますが、ここでは歴史博物館信玄公宝物館所蔵の『見桃録』上下巻を底本としました。

まず下巻「全室宗盛信女下火預請」の結びを見てみましょう。「拋火把（火把を拋つ）」という記載に続いて以下のように結ばれています。

安禅未必須山水　　安禅は未だ必ずしも山水を須いず
滅却心頭火自涼　　心頭を滅却すれば火も自ら涼し

「全室宗盛信女」は戒名です。笹尾哲雄『近世に於ける妙心寺教団と大悲寺』（文芸社、二〇〇二年）に拠れば、「預請」とは「預修」のことであろうとされています。「預修」とは生前にあらかじめ仏事を行って功徳を積むことです。今回引用したのは「下火預請」ですから、生前に火葬のための法要をあらかじめ行って、功徳を積んだのでしょう。そうであれば、この法語は全室宗盛信女の生前に、本人の居る場所で火葬の際の法語として前もって告げられた言葉であったということになります。

ここでも松明を投げ込むところで「安禅未必須山水」が登場してきています。今までの例では「不」だった箇所が「未」になっていますが、いずれも打ち消しの意味ですから、大筋では意味に変化はありません。ここでは同じものと考えてよいでしょう。

同じく『見桃録』の下巻「悦巌宗忻尼蔵主下火預請」の結びも全く同じです。「試聴山僧挙揚。抛火把（試みに山僧の挙揚するを聴け。火把を抛つ）」という文に続いて以下のように見えます。

安禅未必須山水　　安禅は未だ必ずしも山水を須いず
滅却心頭火自涼　　心頭を滅却すれば火も自ら涼し
喝一喝　　　　　　喝一喝

この法語も「預請」の法語です。生前、悦巌宗忻尼蔵主という尼僧が自らの死後の功徳のために聞いた法語の結びに、「安禅未必須山水、滅却心頭火自涼」という言葉が登場しているわけです。同様に結びの部分に「滅却心頭火自涼」を含む下火の法語は、信玄公宝物館所蔵の『見桃録』には上記の例を含め四例あり、『大正新脩大蔵経』（たいしょうしんしゅうだいぞうきょう）所収の『見桃録』のテキストにはさらに一例が採録されています。

なお、信玄公宝物館所蔵の例が全て「預請」の法語となっていることは、この言葉の意味を考えていく上で大きな意味を持つように思います。生前に、本人

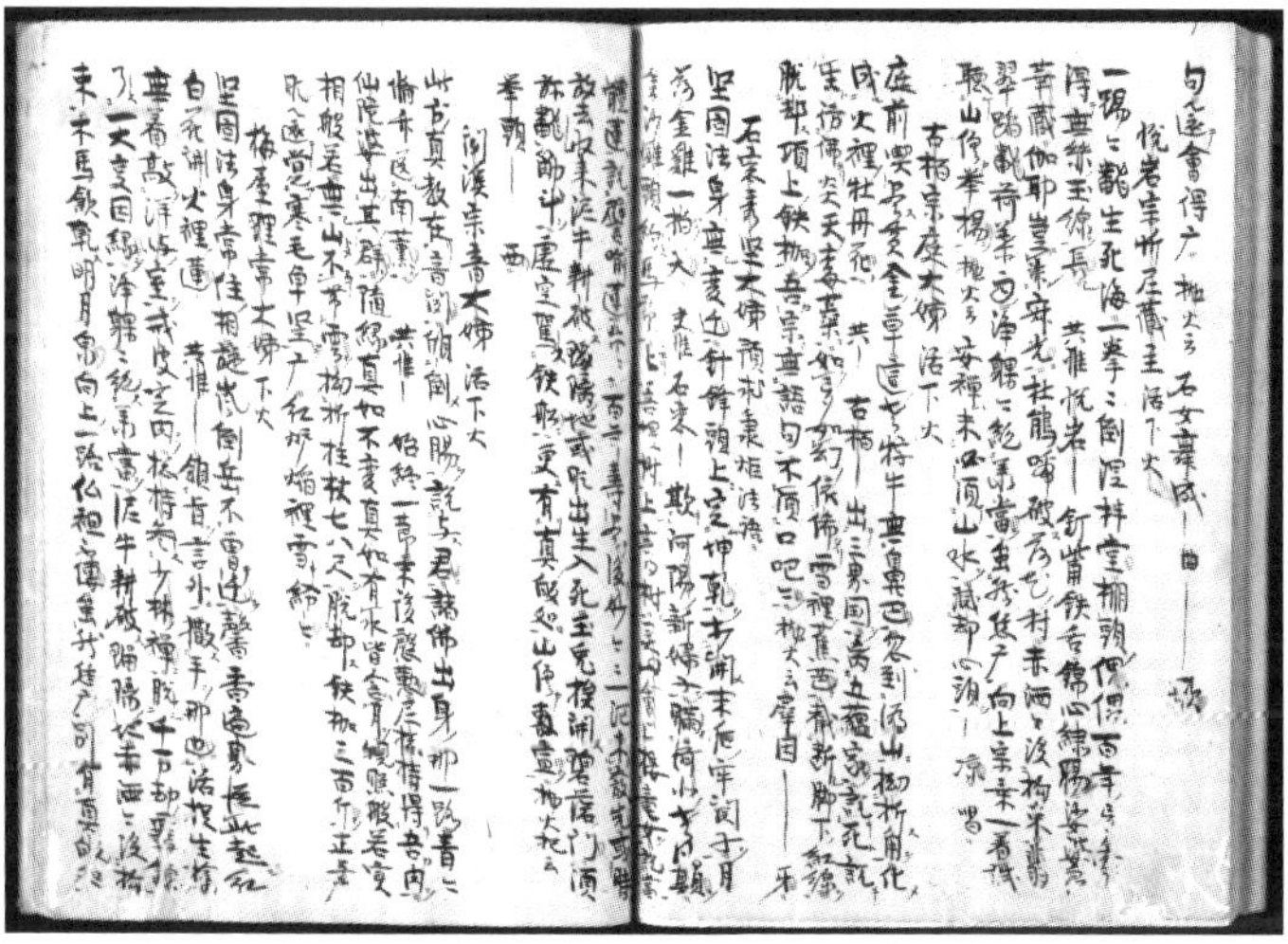

図6　『見桃録』下巻「悦巌宗忻尼蔵主下火預請」部分
（歴史博物館信玄公宝物館所蔵）

に与えられた法語にこの「滅却心頭火自涼」が多用されるのはなぜなのでしょうか。

また、今まで見てきた『虎穴録』『永泉余滴』『見桃録』の法語は全て下火、つまり火葬のときの法語でした。当時の禅宗では火葬のほかに土葬（掩土（えんど））も行われており、当然、土葬の際の法語も多く採録されています。しかし、管見の限り、「滅却心頭火自涼」は火葬の法語にしか登場してきません。なぜでしょうか。

以下に、この二つの「なぜ」についてを考えてみたいと思います。

そもそも下火の法語とはどのような言葉で結ぶものなのでしょうか。『見桃録』から二つ例を挙げてみます。下巻の「寂知宗空居士預請百年後秉炬語」では以下の二句で法語を結んでいます。

雨中看杲日　　雨中に杲日（こうじつ）を看（み）
火裏酌清泉　　火裏に清泉を酌（く）む

「寂知宗空居士」は戒名、「預請」は生前あらかじめ儀式を行うことでした。「百年後」というのは、百年分の法要をあらかじめ生前に行い、功徳を積むことでしょうか。「秉炬（ひんこ）」というのは「下火」と同じで、火葬に際しての法語だということを示しています。

　この二句は有名な禅語の引用です。結びの句にある「杲日」は太陽ですから、雨の日に太陽を見るというのはありえないことです。でもその太陽を見いだしなさい、見いだすことができるはずですよ、見えない、見えないと思っていたら太陽は見えませんが、雲の向こうには太陽はあるのですから、思い込みを捨てて太陽を見いだしなさい、思い込みに囚われるのをやめて悟りなさい。この言葉はそううながしているのでしょう。次の句の「火裏」というのは火の中です。燃えさかる火の中で清らかな泉の水を汲むわけですから、これも前半と同様にありえないことです。あり得ないことがあり得ると述べられていて、だから悟りなさいと導いているのだろうと思われます。ここで注目すべきなのは、「火裏」という言葉です。これから実際に遺体は荼毘（だび）に附され、「火裏」に身を置くことになります。しかし、悟ることで思い込みから解放されれば、「清泉」の水を汲むことができるはずなのです。「火裏」に身を置くことは、辛いことではなく、むしろ悟りに近づける方法だと述べていると考えることはできないでしょうか。

　遺体を焼くために薪に火を付けるとき、その言葉を聞いているのは、亡くなった方の魂を除けば、遺族や友人たちでしょう。「預請」であれば本人も聞いています。参列する遺族や友人たちは家族の肉体を焼くことを理性では納得していたとしても、辛く悲しく、あるいは恐ろしく、あるいは申し訳なく思うかもしれません。本人であれば恐怖や悲しさはなおさらです。そんなときに「火裏」でも冷たく清らかな水を汲むことができるのだから、心配は要らない、悟れば火など恐れることはないのだと教え導くことは、家族や友人、本人に少しでも慰めや安らぎをもたらしたのではないでしょうか。

下巻「速縁妙浄禅尼百年後下火語」は以下のように結ばれています。

木人石女叫希有　　木人石女(ぼくじんせきじょ)　叫ぶこと希有(けう)なり
臘月花開火裏蓮　　臘月(ろうげつ)に花開かん　火裏の蓮
喝一喝　　　　　　喝一喝

速縁妙浄禅尼という尼僧の下火の法語です。木でできた人形や石でできた女の像は心を持つ存在ではありませんから、叫ぶなどということは常識的に考えればあり得ません。ですが「希有」ということは「希(まれ)に有る」のです。「木人」と「石女」は唐代の良价禅師の「宝鏡三昧歌(ほうきょうざんまいか)」の中に「木人方歌、石女起舞（木人方(まさ)に歌い、石女起(た)ちて舞う）」とあるなど、禅語にはしばしば見られる表現の一つのようです。これは先ほど見た詩と同じで、あり得ないと思われるようなことをあり得ると述べることで、その思い込みから抜け出して悟るようにと促しているのでしょう。続く句では臘月（十二月）という、本来は蓮の花が咲かない時期であっても、火の中の蓮が咲くと述べています。季節外れであり、しかも水辺に咲くはずの蓮が火の中で咲くというのはあり得ないことです。しかしそのあり得ないことがあり得るとやはり述べているわけです。なお、「火裏蓮」は穢（けが）れのない花として禅語によく登場します。例えば、先ほどと同じ良价禅師の言葉の中に「好手猶如火裏蓮、宛然自有冲天（好手猶（な）お火裏の蓮の如し、宛然として自（みずか）ら天を冲（つ）く有り）」とあります。

さて、ここでも「火」が登場してきます。火の中で蓮の花が咲くという場合、これから火の中で肉体を焼くことになる親族や友人、あるいは本人にとって、火の中に悟りの象徴である穢れない花が咲くと考えることは、やはり救いであり慰めであったのではないでしょうか。

ここで「滅却心頭火自涼」に戻って考えてみましょう。このフレーズは、心を滅却すれば、すなわち心を無にする、悟ることができたなら、火は自然と涼やかなものに感じられると述べています。だから悟りなさい、と諭しているわけです。火が涼しいというのはやはりあり得ないことです。つまりここでも、あり得ないことを述べて、人の世の固定観念や思い込みから逃れでて悟りなさいとうながしているわけです。悟れば火は恐ろしいものではないのだと教え諭すことは、愛する人の肉体を火で焼かねばならない家族や友人への慰めになるでしょう。本人が聞く「預請」であればなおさらです。悟りなさい、悟れば火も怖くない、熱くはないと教え、導くことが、下火の法語に求められていたのだとしたら、「滅却心頭火自涼」というフレーズはわかりやすいものとして受け止められたでしょうし、好んで多用されたのも頷けます。

今まで、戦国時代の妙心寺派における「滅却心頭火自涼」の使われ方を見てきました。残念ながら、快川の残した法語には「滅却心頭火自涼」は管見の限り使われていません。しかし、快川がこの使われ方を知っていたのは間違いなさそうです。信玄公宝物館所蔵の『見桃録』には、下巻の最後の部分に「天正九年二月日　再住花園現住恵林快川老衲書焉（天正九年二月日　再び花園に住し恵林に現住す　快川老衲焉に書す）」とあります。恵林寺が焼失し、快川が亡くなったのが天正十年ですから、その一年ほど前に快川がこの書物を書き写したという記録があるのです。恵林寺の現住職古川周賢大師と信玄公宝物館小野正文館長のご教示によれば、『見桃録』の筆跡は確かに快川のものだそうです。そうであれば、快川が火葬の際に「滅却心頭火自涼」を引用して下火の法語の結びとする前例をよく知っていたと考えてよいでしょう。

それならば、快川が燃えさかる恵林寺山門の中で、最期の偈として「滅却心頭火自涼」と述べたことも、『碧巌録』の内容だけを踏まえて理解するわけにはいかないのかもしれません。もちろん、快川がこの言葉の出典として考えていたのは『碧巌録』です。しかし、同時に快川や周囲の僧たちの脳裏には、下火の法語としての「滅却心頭火自涼」という言葉も連想されたことでしょう。「預請」の法語でしばしば「滅却心頭火自涼」が登場したことから考えても、肉体を焼かれる恐怖にどう向き合ったらいいのかという深刻な問いに対する、有効な回答の一つが「滅却心頭火自涼」だったのではないか、ということを先に論じてきました。快川が死を覚悟したとき、周囲にはまだ悟りに至ることができない年若い僧侶や寺で働く者たちが、燃えさかる山門の中で我が身に迫る炎を恐れ苦しんでいます。「滅却心頭火自涼」はそんな彼らに対し、悟りに一歩でも近づけるよう導こうとする励ましの言葉であり、悟りに近づくことで炎も恐れる必要はなくな

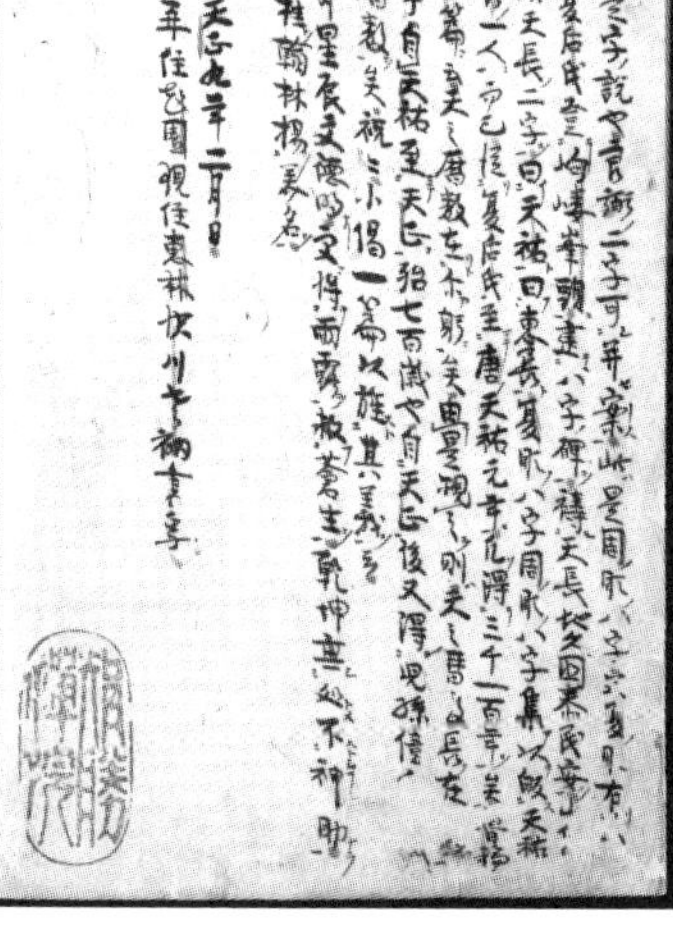

図７　『見桃録』下巻末
（歴史博物館信玄公宝物館所蔵）

るのだ、との慰めの言葉でもあったのではないでしょうか。

もちろん快川が「滅却心頭火自涼」と述べたというエピソードが事実であったかどうかは、今となっては確認できません。確実にいえるのは、そのように語り継がれてきたということだけです。もしかしたら同時代の人や少し後の時代の人がこの事件を語り継いでいく中で紛れ込んだ「物語」であったかもしれません。そうだとしたら、当時その「物語」を語った人たちの脳裏には『碧巌録』以上に、下火の法語としての「滅却心頭火自涼」が連想されたのではないでしょうか。同時代の人たちは、快川らが亡くなったときの話を聞いて、火の中で生きながら焼かれた者たちに深い同情と悲しみを抱いたでしょう。せめて快川の言葉によって悟りに近づき、苦しみが和らぐようにと願ったとしても不思議はありません。そのときに『碧巌録』に見えた死の苦しみから逃れるための導きであると同時に、肉体を火に焼かれる者への慰めとして用いられた「滅却心頭火自涼」という言葉が選ばれたのは、ある意味、自然なことであったといえるのではないでしょうか。

このように考えたとき、快川の時代においては「滅却心頭火自涼」という言葉が意味していたものは現代の我々が考えている意味あいと大きく異なるように思われます。杜荀鶴の詩とも『碧巌録』とも随分と異なるようです。次節でもう一度、流れをまとめ直してみたいと思います。

おわりに

故事成語とは、中国の文献に由来する表現を踏まえた表現です。その意味では、「滅却心頭火自涼」は故事成語に違いありません。しかしこの言葉には少し独特の来歴があります。一つには中国では故事成語と看做されていないということです。この言葉は日本に伝わってから、故事成語としての機能を持つようになりました。もう一つは日本に来てからも意味あいが様々に変化したということです。

ここまでに見てきた流れを確認しましょう。晩唐の杜荀鶴の「夏日題悟空上人院」という詩に以下の句がありました。

安禅不必須山水　　安禅は必ずしも山水を須いず
滅得心中火自涼　　心中を滅得(めっとく)すれば火も自ら涼し

これは友人である禅僧に対し、「あなたは立派に修行を積まれた方なのですね」という敬愛のメッセージを込めた挨拶の詩です。夏の暑さを煩悩に喩え、煩悩を消すことで涼しさを得るという仏教の思想を踏まえた表現は、杜荀鶴以前から用いられており、杜荀鶴はそれを巧みに利用して句を作ったといえるでしょう。

その句を引用したのが死心悟新禅師です。暑さや寒さといった苦しみ、つまり生きる苦しみ、死ぬ苦しみから逃れるにはどうしたらいいのかという問いかけに対し、「安禅不必須山水、滅却心頭火自涼」と応じたらよいだろうと彼は考えた、と『碧巌録』に述べられています。禅僧への敬愛を込めたメッセージが、生死の苦しみと向き合う者へのヒントへと転換されたわけです。

その言葉が戦国時代の日本において、火葬のときに死者を悟りに導くための言葉として引用されるようになりました。悟ることができたならば、火でさえも涼やかに感じられるという言葉は、生死の苦しみと向き合うためのヒントであるだけでなく、肉体を実際に火に焼かれる者、それを見守る遺族への慰めと励ましになったのです。おそらく快川が辞世の偈として、燃えさかる恵林寺山門でこの言葉を口にしたときにも、生死の苦しみとともに、肉体を火に焼かれる恐怖や苦痛と向き合わざるを得なくなった周囲の者たちへの、悟りに導きたいとの想いがあったのではないかと想像されます。

明治頃までは、恵林寺山門でのできごとの中で「滅却心頭火自涼」という偈は特別に重視されては来ませんでした。しかし、明治末頃から、この偈が山門炎上の事件を象徴する言葉のように理解されるようになり、同時に「国家のためには死をも恐れぬ勇気」を表す言葉として、当時の国家主義に相応しい精神性を称揚するために引用されるようになりました。

それが戦後になると、天下国家のためという意味あいが取り去られることになります。その結果、「根性」や「やせ我慢」、「無理が通れば道理が引っ込む」といった文脈で用いられるに至ったのです。

同時に、杜荀鶴詩や『碧巌録』での用例が本来的に持っていた、「悟り・達観」などの意味あいは、それがメインであった快川の時代から、別の意味あいの方が主になったように思われる現代に至るまで、常にその用例の底流に流れています。つまり、『広辞苑』に「無念無想の境地に至れば火さえも涼しく感じられる。どんな苦難に遇っても、その境涯を超越して心頭にとどめなければ、苦難を感じない意」とあるのは、こういった流れの中で変遷を遂げてきた言葉の歴史を短い語義説明の中に濃縮しているわけです。

故事成語とは中国の古典文献に由来のある表現です。しかし一言で故事成語と言ってもいろいろな成立過程があり、成立してからもしばしば複雑な来歴をたどることがあります。冒頭で挙げた「矛盾」のように一つの概念を示す表現もあれば、「漁夫の利」のように出典から少しだけずれた意味あいで定着した言葉もあります。そして「滅却心頭火自涼」、あるいは「心頭を滅却すれば火もまた涼し」のように、時代の要請、社会の変化にあわせて様々な意味を付け加えられ、あるいは意味を削られながら、非常に複雑な来歴を経てきた言葉もあるのです。

言葉は生き物とはよく言いますが、意味が固定されているようにも思われる中国の古典文献から生まれた故事成語にも、そういった側面があるということをここまで確認してきました。今後「心頭を滅却すれば火もまた涼し」を目にすることがあったなら、この言葉がどのような意味で用いられているか、興味を持って向きあってもらえたら幸いです。

参考文献

武井明堂『再建紀念恵林寺略史』（恵林寺、一九一二年）
入矢義高・末木文美士・溝口雄三・伊藤文生『碧巌録』全三冊（岩波書店、一九九二〜一九九六年）
佐藤八郎『山梨県の漢字碑』（佐藤八郎、一九九八年）
野澤公次郎『恵林寺の文化財と歴史』（財団法人信玄公宝物館、二〇〇〇年）
山梨県編『山梨県史　資料編6　中世3上　県内記録』（山梨日日新聞社、二〇〇一年）
末木文美士編『現代語訳　碧巌録』（岩波書店、二〇〇一〜二〇〇三年）
横山住雄『中世武士選書6　武田信玄と快川和尚』（戎光祥出版、二〇一一年）

第二章　日中の古典作品に見える有り得ない自然現象とその意味するもの

遠藤星希

はじめに

「天と地がひっくり返っても」、「雨が降ろうと槍が降ろうと」、「日が西から出るようなものだ」、これらは誰しも一度は耳にしたことのある慣用句だと思います。有り得ない自然現象を用いたこのような比喩表現は、どこまで遡れるでしょうか。

日本では少なくとも、『万葉集』二七八七番歌（巻十一、詠み人知らず）の「天地の　寄り合ひの極み　玉の緒の　絶えじと思ふ　妹があたり見つ」（天と地が近づき合わさる果てまでも関係が途切れないようにしようと思っているあの娘のいる辺りを見た）まで遡ることができるでしょう。

地平線を見ると、あたかも天と地が少しずつ近づいていって、いつか一つに合わさるかのように感じられます。しかし実際には、天と地はどこまでいっても離れたままで、一つに合わさる極点というものは存在しません。すなわち「天地の寄り合ひの極み」というのは空間的・時間的無窮を表しており、「これから先いつまでも」という意味に転じることになります。

これと似たような恋の歌が、実は中国にもあります。「上邪」という題で呼ばれている作者不詳の民間歌謡で、『万葉集』の時代よりずっと古い前漢の頃の作とされています。短い作ですので、全文を読んでみましょう。

上邪　　　　　　上よ
我欲与君相知　　我　君と相知らんと欲す
長命無絶衰　　　長しえに命じて絶衰すること無からしめん
山無陵　　　　　山に陵無く
江水為竭　　　　江水　為に竭き
冬雷震震　　　　冬雷　震震として
夏雨雪　　　　　夏に雪雨り

天地合　　天地合（てんちがっ）せば
乃敢与君絶　　乃（すなわ）ち敢（あえ）て君（きみ）と絶（た）たん

〔訳〕神よ、私はあなたと深い仲になりたいの。あなたとの関係がいつまでも途切れないようにさせたいの。山が平らになって、川の水が涸れて、冬に雷がごろごろ鳴って、夏に雪が降って、天と地が合わさったなら、その時はじめてあなたと別れましょう。

「上」は上天、すなわち神です。第二句の「君」は神のことではなく、恋人を指しているのでしょう。恋人と決して別れないぞ、という誓いを「我」は神に対して立てているのです。今回は「我」を女性とみなし、日本語訳は女性の口ぶりにしました。二人称代名詞の「君」は、女性が男性に対して用いることも多いからです（コラム①「テレビドラマ「還珠格格」と「上邪」」参照）。

この歌の中で列挙されている有り得ない自然現象の中にも、「天と地が合わさる」ことが含まれていますね（コラム②「「天と地が合わさる」とは？」参照）。また、恋人同士の関係が途切れることを「絶（たゆ）」という動詞で表している点も、『万葉集』二七八七番歌と共通します。第三句の「無絶衰」と、二七八七番歌の「絶えじ」は、ほぼ同じニュアンスと考えてよいでしょう。最終句「乃敢与君絶」の「絶」は、少しニュアンスが異なり、主体的に恋人との関係を断ち切ることを意味しています。強い意志をもって行動すること（思い切って〜する、という感じです）を示す助動詞「敢」が上にあるからです。

このように、『万葉集』二七八七番歌と「上邪」には共通したモチーフが認められるわけですが、ただ両者の間には大きな違いもあります。二七八七番歌における「天地の寄り合ひ」は、歌い手の誓いの固さや決心の強さをストレートに伝えるための比喩として機能しています（日本語の「雨が降ろうと槍が降ろうと」と似た使い方です）。天と地が合わさることの不可能性が、二人の関係が途切れることとの不可能性へとダイレクトに結びついているのです。一方の「上邪」においては、二人の関係が途切れる可能性を表面上では認めつつ、実際には可能性がゼロであることを婉曲的に示すための手段として、有り得ない自然現象がうたわれています。これは、ある出来事の有り得なさを直接的に強調する「天と地がひっくり返っても」や「日が西から出るようなものだ」とも異なった表現といえるでしょう。こうした違いからは、いったい何が見えてくるでしょうか。古典作品中における有り得ない自然現象の在り方をこれから眺めていくことで、今まであまり意識されてこなかった日本と中国の文化的差異を浮かび上がらせてみたいと思います。

コラム①　テレビドラマ「還珠格格」と「上邪」

「上邪」は、日本ではあまり知られていない歌ですが、中国では抜群の知名度を誇っています。そのきっかけとなったのが、一九九八年に中国で放映され、大ヒットしたテレビドラマ「還珠格格」でした。登場人物の一人である姫君の夏紫薇が、変わらない愛を恋人の福爾康に誓う場面で、「上邪」の一節を口にするのです。この名場面によって、「上邪」は中華圏でいっそう人口に膾炙するようになりました。姫君に口にさせていることから、「上邪」第二句の「我」はやはり女性と考えられていることがわかりますね。

ただし、「還珠格格」で引用されたのは「山無陵、天地合、乃敢与君絶」の三句のみであり、全文ではありません。また「陵」が「稜」に、「乃」が「纔」にそれぞれ改変されていました。「纔」は「乃」と同義の副詞なので特に問題視されませんでしたが、「陵」が「稜」になっていたのは、誤りとして批判の声が上がりました。「稜」は角を意味するので、「山無稜」では、山の角がとれて丸味を帯びることになってしまいます。これも有り得ない自然現象といえなくもないですが、確かにインパクトに欠けますね。起伏を表す「陵」を原作通りに採用し、「山無陵」（山が平らになり）としておけば、夏紫薇の誓いの言葉はいっそう印象的なものになっていたのではないでしょうか。

コラム②　「天と地が合わさる」とは？

「上邪」には、有り得ない自然現象が五種類も列挙されています。そのうち、「山が平らになる」、「川の水が涸れる」、「冬に雷がごろごろ鳴る」、「夏に雪が降る」は比較的わかりやすく、状況を具体的にイメージすることが可能ですが、唯一「天と地が合わさる」だけは、わかったようなわからないような表現で、映像化が困難です。「天地合す」とは、いったいどのような状態を指しているのでしょうか。

それを知るためには、古代中国人の天地に対する基本認識を二点押さえておく必要があります。一つ目は、地と同じように、天もある種の物質としてとらえられていたということ。物質なので、壊れることもあります。『列子』「天瑞篇」には、天が崩落したらどうしようと心配している杞（き）（国の名）の人の話が載っています。よく知られている「杞憂」の出典ですね。また、壊れたら補修することもできます。遠い昔、天を支える四本の柱が崩れ、天が欠けてしまったとき、女媧（じょか）という神は五色の石を融かして天を補修しました。『淮南子（えなんじ）』「覧冥訓（らんめいくん）」に見えます。

二つ目は、天と地はもともと分かれておらず、どろどろに混じりあっていたということ。北宋の初めに編纂された『太平御覧』という類書（項目ごとに類別し、先行する各種の文献の中からその項目に関連する主要な記事を引用して集めた、一種の百科事典）の巻二に、『三五暦紀』という書物を引用する形で、次のような話が載っています。

天と地は渾沌（こんとん）として鶏の卵のようであった。盤古（ばんこ）はその中に生まれ、一万八千年経って天地は開闢（かいびゃく）した。澄んだ陽の気は天になり、濁った陰の気は地となった。盤古はその間にいて、一日に九回成長し、天地の間で神聖な存在になっていった。天は一日に一丈ずつ高くなり、地は一日に一丈ずつ厚くなり、盤古は一日に一丈ずつ成長した。このようにして一万八千年の時が経ち、天は高さを極め、地は厚さを極め、盤古の成長も極まった。

原初、天と地は未分化で鶏の卵のような状態でした。この無秩序なカオスの中に、盤古という神が誕生し、盤古の成長とともに天地の距離が少しずつ開けていったのです。『三五暦紀』は三国時代の書物ですので、少なくとも三世紀頃には、似たような天地開闢神話が人々の間で語られていたのでしょう。「上邪」の「天地合す」は、こうした神話的記憶に立脚した表現といえそうです。天が今の高さになるのに、一万八千年の歳月がかかっています。すなわち「天と地が合わさる」とは、時間を一万八千年も巻き戻し、この世界を天地が未分化なカオスの状態に回帰させることに他なりません。なんと途方もない想像力でしょうか。

ちなみに『日本書紀』は、「古に天地未だ剖れず、陰陽分れざりしとき、渾沌れたること鶏子の如くして、溟涬にして牙を含めり」という文で始まります。一見して明らかなように、中国の天地開闢神話をほとんどそのまま踏襲しているのです。ということは、天と地が原初は未分化であったという発想は、奈良時代の初めにはすでに人々の間である程度共有されていたことになります。『万葉集』二七八七番歌の「天地の寄り合ひ」も、もしかすると「鶏子の如く」渾沌とした「古の天地」を意識した表現なのかもしれません。

一、不能条件としての有り得ない自然現象

「上邪」における「天と地が合わさったなら」のように、実現できないことが確定している

事実を内容とする条件のことを、法律用語で不能条件といいます。不能条件が付された法律行為は無効になることが民法第一三三条によって定められていますので、たとえば「天と地が合わさったなら甲は乙との婚姻を取り消す」というような内容の契約は無効になります。

興味深いのは、有り得ない自然現象を不能条件として提示する例が、中国の古典にしばしば見られることです。『漢書』巻五十四「蘇武伝」から一つ例を挙げましょう。前漢に蘇武という人物がいました。彼は北方の遊牧民族である匈奴の国に使者として派遣されましたが、部下が犯した罪に連座して匈奴に捕えられてしまいます。蘇武は立派な人物であったので、匈奴の君主である単于は何とか彼を降伏させようとあの手この手で説得を試みますが、蘇武はことごとく拒絶します。そこで単于は蘇武を北海（今のバイカル湖）のほとりに抑留し、オスの羊を放牧させた上で、次のような条件を提示しました。

羝乳乃得帰。（羝　乳せば乃ち帰るを得ん。）

「羝」はオスの羊のこと。つまり「オスの羊が乳を出したら、その時はじめてお前は帰国できるだろう」という意味になります。表面上は譲歩の姿勢を示しているように見えますが、しかしオスの羊が乳を出す可能性は万に一つもありません。絶対に帰国は許さないということを蘇武に思い知らせ、降伏を促すために、単于はあえて「オスの羊が乳を出したら」という不能条件を提示したのです。

図1　上官周『晩笑堂画伝』より「蘇武像」（立命館大学ARC所蔵）。蘇武の右に描かれているのはオスの羊。このように、絵画に描かれる蘇武は、しばしば牧羊をしています。

　不能条件をこのように用いる発想は、現代の中華圏でも生き続けているようです。二〇一〇年に公開された台湾映画「台北に舞う雪」（霍建起監督）の主人公は、祖母に育てられた孤児の小莫です。彼は幼少時に父親を失い、母親も彼を置いて家出してしまいました。幼い小莫が祖母に「ママはいつ帰るの」と尋ねると、祖母は「台北に雪が降ったら」と答えます。しかし沖縄と同じ亜熱帯気候の台北では、雪は滅多に降ることがありません。母親が帰ってくる可能性を表面上は匂わせつつも、実際には有り得ないことを遠回しに伝えるために、祖母は不能条件を提示しているのです。

　一方、日本の古典からは、不能条件を同じように用いた例がなかなか見つかりません。ただ、

類似したモチーフは『万葉集』の和歌に少なからず見出すことができます。次に挙げる三〇〇四番歌（巻十二、詠み人知らず）はその一つです。

　ひさかたの　天（あま）つみ空に　照る月の　失（う）せむ日にこそ　我（あ）が恋止（や）まめ

　〔訳〕大空に照っている月が消失してしまう日にこそ私の恋心はやむでしょう。

月は太古から今に至るまで夜空を照らし続けています。おそらく永遠に存在するものと万葉の歌人たちもみなしていたことでしょう。その月が消失する日に恋心がやむというのは、つまりは恋心は永遠に不滅ということになります。他にも、たとえば三〇一四番歌（巻十二、詠み人知らず）には、

　三輪山（みわやま）の　山下（やました）とよみ　行（ゆ）く水の　水脈（みを）し絶えずは　後（のち）もわが妻（つま）

　〔訳〕三輪山のふもとを鳴り響きながら流れゆく水の流れが絶えぬかぎりは後々までもあなたは私の妻なのだ。

「水脈（みを）」は、船が航行できるような深い水の流れをいいます。「とよみ」（鳴り響きながら）とあることからも、うたわれている川が決して小さなものではなく、水量が多くて勢いよく流れる大河であることがわかります。そのような大河の流れが絶えるはずはありません。それと同様に、妻との関係も永遠に途切れることはないといっているのです。次に挙げる三六〇五番歌（巻十五、詠み人知らず）にも、似たようなレトリックが用いられています。

わたつみの　海に出（い）でたる　飾磨川（しかまがは）　絶えむ日にこそ　我（あ）が恋止（や）まめ

〔訳〕海に注（そそ）ぎこんでいる飾磨川の流れが絶える日にこそ私の恋心はやむでしょう。

これらの歌は、「はじめに」で紹介した「上邪」の内容を彷彿させます。『万葉集』の歌には中国の古典の影響がとりわけ強く認められますので、あるいは「上邪」やそれに類する中国の詩を万葉歌人が目にしていたのかもしれません。ただ、「上邪」の末尾に「乃（すなわ）ち敢（あえ）て君（きみ）と絶（た）たん」（その時はじめてあなたと別れましょう）とあるのは注意を要するでしょう。先にも述べたように、助動詞「敢」は「思い切って～する」というニュアンスを表します。つまり「君と絶たん」というのは、強い意志による主体的な行為ということになります。その行為を敢行するための不能条件として、語り手の女性は有り得ない自然現象を提示しているのです。これは、蘇武を帰国させるための条件として単于が有り得ない自然現象を提示したのと、ほとんど同じ発想といってよいでしょう。

一方、今回紹介した『万葉集』の和歌には、歌い手の主体的な行為は示されていません。冒頭で挙げた二七八七番歌と同じように、月が消失したり川の流れが絶えたりすることの不可能性は、恋心や夫婦関係の不変性へとダイレクトに結びついています。「上邪」とは違って、有り得ない自然現象は、ある行為を敢行するための条件という形では用いられていないのです。

二、難題説話の位置づけ

ここまで見てきたように、有り得ない自然現象を不能条件として提示する例は、日本の古典からはなかなか見出せません。ただし、例外があります。それは、難題を重要なモチーフとする説話（これを難題説話といいます）の一群です。

最も有名なものの一つは、やはり『竹取物語』（平安時代初期の成立）における求婚のくだりでしょう。竹取の翁が竹の中から得た娘、かぐや姫は絶世の美人に成長した後、五人の貴公子から同時に求婚されます。それに対してかぐや姫は、求婚者に一つずつ難題を出して当惑させます。

かぐや姫、石作の皇子には、「仏の御石の鉢といふ物あり。それを取りて賜へ」といふ。くらもちの皇子には、「東の海に蓬萊といふ山あるなり。それに、銀を根とし、金を茎とし、白き玉を実として立てる木あり。それ一枝折りて賜はらむ」といふ。いま一人には、「唐土にある火鼠の皮衣を賜へ」。大伴の大納言には、「龍の頸に五色に光る玉あり。それを取りて賜へ」。石上の中納言には、「燕の持たる子安の貝、取りて賜へ」といふ。

「仏の御石の鉢」（天竺にあるとされた光り輝く鉢）、蓬萊にあるという玉の枝、「火鼠の皮衣」（火鼠の毛から作った燃えない皮衣）、龍の首にある五色の玉、燕が産みおとす子安貝、いずれもこの世に存在するとは到底思えないものばかりです。このような幻の宝物を持ってきたら結婚を認めるというのは、有り得ない自然現象を不能条件として提示することとほぼ同類といってよいでしょう。

難題説話は、『古事記』（七一二年成立）上巻にも見えます。オオナムヂは、兄である八十神の迫害から逃れるため、根の国にいる祖先のスサノオを訪問しました。到着後すぐに、オオナムヂはスサノオの娘スセリビメと知り合い、結婚します。スサノオはオオナムヂを呼び入れると、彼に次々と難題を与えます。以下、難題の内容とそれをクリアする方法を箇条書きにしますと、

①蛇のいる部屋に泊まらせる。オオナムヂは妻のスセリビメから授けられた比礼（ひれ）（女性が首にかけて胸に垂らした薄い布）を使って蛇を静め、無事に一晩を過ごす。

②ムカデと蜂のいる部屋に泊まらせる。オオナムヂはやはり妻から授けられた比礼を使ってムカデと蜂を静め、無事に一晩を過ごす。

③鏑矢（かぶらや）を広い野原に射て、その矢を拾いに行かせ、しかも野原に火を放つ。オオナムヂが鼠に案内された穴の中で野火をやり過ごすと、鼠が鏑矢をくわえてきてくれる。

④スサノオの頭のシラミを取るよう命じる。オオナムヂが頭を見ると、そこにいたのはシラミではなく、ムカデの群れであった。オオナムヂが妻から授けられた椋（むく）の実と赤土を口に含み、かみ砕いて吐き出していると、スサノオはムカデをかみ砕いていると勘違いし、従順な奴だと思って安心し、眠ってしまう。

スサノオが出した難題は、かぐや姫が出したそれと比べてまだ現実味がありますので、不能条件とまではいえません（現にオオナムヂは全てクリアできています）。ですが、それはそれとして、やはり難題であることは変わりません。おそらくスサノオは、「これらの難題をクリアできたら娘をやろう」と考えたのでしょう。その点では、「オスの羊が乳を出したら帰国させてやろう」という条件を出した単于の発想と非常によく似ています。

ただ注意しなければいけないのは、難題説話における難題のほとんどが、乗り越えるべき試練（Test）として機能していることです。現にスサノオは、難題をクリアしたオオナムヂが娘と結婚することを正式に認め、別れ際には激励の言葉まで掛けています。また、スサノオが出した一連の難題は、やがては大国主（おおくにぬし）として葦原中国（あしはらのなかつくに）を治めるオオナムヂが、成長するために必要な試練でもあったのでしょう。

一方、『漢書』に見える蘇武のエピソードにおいては、「オスの羊が乳を出したら」という条件は、蘇武が乗り越えるべき試練としては機能していません。単于は蘇武をテストしようとして難題を出したわけではなく、蘇武の側も出された難題をクリアしようと努力したりはしません。蘇武は長い抑留生活に耐え、約二十年後、ついに帰国することができましたが、それは単于が出した難題とは何の関係もありませんでした。

難題説話に共通する特徴は、難題を出された人間がその難題に正面から向き合い、知恵を絞って試練を乗り越えようとする姿が描かれていることです。かぐや姫は五人の求婚者の誰とも心底結婚したくないと思って無理難題を出していますので、試練を与えているという意識は希薄のようですが、求婚者の側はかぐや姫が所望する宝物を手に入れるために（或いは偽物をこしらえるために）誰もが奔走しているという点で、『竹取物語』の求婚のくだりも、やはり難題説話の範疇に含まれるといえます。

　ここで少し話が変わりますが、中国の古い史書には、二国間の外交交渉の場で、相手国が到底飲みこめない条件をわざと提示するシーンが時おり描かれています。一例として、『春秋左氏伝』定公十年に見える夾谷（きょうこく）の会を紹介しましょう。時は春秋時代の紀元前五〇〇年、夾谷という地で、魯の国と斉の国は和平交渉のための会談を開きました。魯の定公と斉の景公が臨席し、孔子が定公の輔佐役につきます。次に引くのは、いよいよ両国間で盟約が結ばれようとしている場面です。

　将盟、斉人加於載書曰、「斉師出竟、而不以甲車三百乗従我者、有如此盟」。孔丘使茲無還揖対曰、「而不反我汶陽之田、吾以共命者、亦如之」。（将に盟（めい）せんとし、斉人（せいひと）載書（さいしょ）に加（くわ）えて曰く、「斉の師　竟を出づるに、而し甲車三百乗を以て我に従わざれば、此の盟の如き有らん」と。孔丘　茲無還をして揖して対えしめて曰く、「而し我に汶陽の田を反さずして、吾以て命に共せば、亦た之くの如くせん」と。）

〔訳〕いよいよ盟約が結ばれようという時、斉の人は誓約書に次の条件を書き加えた。「斉の軍隊が国境を出て他国と戦争をする時に、もし魯の国が戦車三百台を連れて我が国に従わなければ、この誓約の通りに罰せられん」と。孔子は茲無還に命じて会釈させ、こう答えさせた。「もし我が国に斉が汶陽の地を返さないまま、我が国が斉の命令に従うようなことがあれば、やはりこの誓約の通りに罰せられん」と。

盟約が締結される直前、斉の側は自国に有利な条文を誓約書に一方的に書き加えてしまいます。斉は国力の面で魯を上回っていましたので、対等な条件では盟約を結びたくなかったのでしょう。しかし小国の魯にとって、斉が出兵するたびに戦車三百台の援軍を出すというのは、とても飲みこめる条件ではありません。かといって、ここで正面から異議を申し立てると、下手すれば和平交渉は決裂し、戦争状態に逆戻りしてしまう可能性があります。そこで孔子は機転を利かせ、斉が奪った汶陽の地の返却を命令に従う前提とすることで、波風を立てないよう相手国の条文を実質的に無効にしたわけです。

似たような外交上の駆け引きは、有名な澠池の会でも行われています。戦国時代の紀元前二七九年、秦の昭王と趙の恵文王は、講和のための宴会を澠池で開きました。この会に恵文王の輔佐役として列席したのが、「完璧」の故事で知られる藺相如です。強国の秦はあの手この手で会の主導権を握ろうとしますが、それをことごとく阻んだのが藺相如でした。次に引く文（出典は『史記』巻八十一「廉頗藺相如列伝」）からは、澠池の会における藺相如の活躍の一端を垣間見ることができます。

秦之群臣曰、「請以趙十五城為秦王寿」。藺相如亦曰、「請以秦之咸陽為趙王寿」。秦王竟酒、終不能加勝於趙。（秦の群臣曰く、「請う　趙の十五城を以て秦王の寿を為せ」と。藺相如も亦た曰く、「請う　秦の咸陽を以て趙王の寿を為せ」と。秦王　酒を竟うるも、終に勝ちを趙に加うること能わず。）

〔訳〕秦の家臣たちは言った。「趙の十五の都市を献上することで秦王の長寿を祈っていただきたい」と。藺相如も言った。「秦の咸陽を献上することで趙王の長寿を祈っていただきたい」と。秦王は酒宴を終えたが、最後まで趙に対する優位の立場を強化することができなかった。

中国古代の酒宴では、列席者がホストに杯を勧めたり贈り物を献上したりして長寿を言祝ぐのがお決まりの作法でした。それを利用して、あろうことか秦は趙に十五の都市を要求したのです。むろん、これは無理な相談であって、趙の側はおいそれと要求を飲むわけにはいきません。かといって無下に断れば、秦王の長寿を言祝ぐ気がないのかと難癖をつけられ、新たな火種を作りかねません。おそらく秦の狙いはそこにあったのでしょう。藺相如はそこまで読んだ上で、夾谷の会における孔子のように機転を利かせ、秦に咸陽を要求し返しました。咸陽は秦の都ですので、たとえ一つの都市とはいえ、秦が絶対に譲れないことは目に見えています。秦は沈黙せざるを得ません。相手と同じ手法を用いることにより、藺相如は仕掛けられた罠を巧みに無力化してみせたのです。

ここに挙げた二つの話に共通して見られるのは、相手が飲みこめない条件をわざと提示するという外交手段です。条件は実現不可能であることが重要なのであり、相手にその条件を飲んでもらおうという考えは毛頭ありません。実質的な不能条件を相手に拒絶させることで、結果的に引き起こされる事態の責任を相手に負わせることが主たる目的なのです。

こうしてみると、単于が蘇武に出した「オスの羊が乳を出したら」という不能条件は、難題説話における難題よりも、斉が魯に出した「もし戦車三百台を連れて我が国に従わなければ」という条件の方に、むしろ性質が近いといえるのではないでしょうか。単于としては、実現可能かどうかはともかくとして、帰国させるための条件を一応は提示してあります。そうである以上、蘇武が帰国できないのは、オスの羊が乳を出さないのが悪いのであって、単于が非情というわけではない、と無理に言い張ることも可能になるわけです。これは澠池の会で見られた、王の長寿を言祝ぐための条件をこちらは一応提示した、それを拒否するのは相手側の非礼、とみなす論法とも通じるものがあります。今日の目から見れば、彼らの論法は不条理そのものですが、彼らには彼らなりの倫理規範があったのでしょう。たとえ実現不可能なものであったとしても、一応は条件を出し、形だけでも譲歩の姿勢を見せることに意味があったのだとも考えられるのです。

三、天の介入

蘇武に示された「オスの羊が乳を出したら」という不能条件は、第一義的には「絶対に帰国は許さない」という単于の決意の表れといえます。ですが、その決意をストレートには表明せず、有り得ない自然現象の発生を条件にして、わざわざ譲歩の姿勢を見せていることには、いったいどのような意味があるのでしょうか。

それを考えるヒントになりそうなのが、不能条件を出されて困っている人間に、天が救いの手を差し伸べるケースの存在です。とりわけ有名なのは、戦国時代の末期、秦の国に人質として預けられていた燕の国の太子丹をめぐる伝承でしょう。作者不詳の『燕丹子』（成立年代未詳。遅くとも六世紀中頃には成立）という書物の冒頭には次のような話が載っています。

> 燕太子丹質於秦。秦王遇之無礼。不得意、欲求帰、秦王不聴、謬言曰、「令烏白頭、馬生角、乃可許耳」。丹仰天歎、烏即白頭、馬生角。秦王不得已而遣之。（燕の太子丹 秦に質たり。秦王 之を遇すること礼無し。意を得ずして、帰らんことを欲求するも、秦王 聴かず、謬言して曰く、「烏をして頭を白くし、馬をして角を生ぜしめば、乃ち許すべきのみ」と。丹天を仰ぎて歎くや、烏は即ち頭を白くし、馬は角を生ず。秦王 已むを得ずして之を遣る。）

〔訳〕燕の太子丹は秦の国に人質として預けられていた。秦王の彼に対する待遇は礼にもとるものであった。丹は不満を覚え、帰国を願い出たが、秦王はそれを聞き入れず、「カラスの頭を白くし、馬に角を生やすことができたら、その時はじめて帰国を許しよう」と無茶なことを言う。丹が天を仰いで嘆くと、なんとカラスの頭が白くなり、馬に角が生えた。秦王はやむを得ず彼を解放した。

当時は、休戦協定を結んでいる国家間で人質を交換しあうことが珍しくありませんでした。この話に出てくる「秦王」は、後に始皇帝となる秦王政ですが、彼の父親も趙の国でかつて人質の身になっています。太子丹も、燕の国が良からぬ料簡を起こさぬよう、保険として秦に預けられていたものと思われます。

帰国を願い出た丹に対して、秦王は「カラスの頭を白くし、馬に角を生やすことができたら」という条件を提示します。しかし、カラスの頭は黒いものですし、馬に角など生えるはずがありません。政略上必要な人質ですから、絶対に帰国できないよう、あえて有り得ない自然現象を条件として提示したわけです。ここまでは、匈奴に抑留された蘇武の話と非常によく似ていますね。ただ、蘇武のケースと異なるのは、なんと奇跡が起こって不能条件がクリアされてしまうところです。丹は天を仰いで嘆いていますので、カラスの頭が白くなって馬に角が生えたのは、おそらく彼の境遇を憐れに思った天の計らいなのでしょう。この伝承は、後漢の王充『論衡』の「感虚篇」でも紹介されていますが、そこでは「天地祐之（天地　之を祐く）」とあり、天地の神が丹に味方したことが明記されています。ちなみに『論衡』では、秦王が丹に出した帰国の条件は「太陽が一日に二回天に昇り、空から穀物の粒が降り、カラスの頭が白くなり、馬に角が生え、木彫りの人形に肉がついたら」となっており、『燕丹子』のバージョンよりいっそう厳しく設定されています。人々の間で語り伝えられていくうちに、様々なバリエーションが生まれたのでしょう。

面白いのは、秦王が約束を守って丹を律儀に解放している点です。解放した後に、秦王は機械仕掛けの跳ね橋を造り、丹を橋から落として殺そうとするのですが、なぜか肝心な時に仕掛けは作動せず（これも天の計らいかもしれません）、丹は無事に橋を渡って帰国することができました。しかし、そこまでして丹を帰国させたくないのであれば、秦王は「そんな約束をした覚えなどない」としらを切ることだってできたはずです。そうしなかったということは、たとえ不能条件を付した戯れの約束であっても、条件がクリアされたからには、約束は約束として守らねばならないという倫理規範が、秦王の中にあったということになります。秦王が有り得ない自然現象を条件として提示したのは、形だけの譲歩だったのかもしれません。しかし、天が奇跡を起こしてくれさえすれば、結果的にこの譲歩は形だけのものではなくなり、実際的な効力が附与されます。天が介入する余地を残すという点で、条件がどんなに荒唐無稽なものであれ、やはり譲歩の姿勢を見せることには実質的な意味があったわけです。

困っている人間に天が救いの手を差し伸べ、有り得ない自然現象を起こしてくれる別の例としては、『列子』「湯問篇」に見える「愚公移山（愚公　山を移す）」の話もよく知られています。少し長い話ですので、本文は省略して、あらすじだけ簡単に紹介しましょう。

　あるところに愚公という齢九十近くの老人がいた。彼の家は二つの山に面しており、出入り口が塞がれていたので、どこへ出かけるにもたいそう不便であった。そこで愚公は、あるとき家族を呼び集めて次のように相談した。「わしはお前たちと力を合わせ、険しい山を切り崩して平らにし、山の向こう側へ通じる道を作ろうと思うが、どうだろうか。」妻だけは不可能だと反対したが、他の家族は賛成してくれたので、愚公は子や孫たちを引き連れて、さっそく山を崩す作業を開始する。愚公の隣りの家に住む小さな子供も駆けつけて作業を手伝ってくれた。智叟という老人が愚公をあざ笑い、作業をやめさせようとするが、愚公は「わしが死んでも息子たちがいる。息子たちが死んだら孫たちがいる。子孫の人数はどんどん増えて尽きることはないが、山は今よりも高くなることはない。だから山はいつか必ず平らになるはずだ」と力説して、智叟を黙らせる。山の神はこの話を耳に

> して心配し、このことを天帝に報告した。天帝は愚公の誠意に心を動かされ、夸蛾（こが）氏という神の二人の息子に命じて二つの山を背負わせ、別の場所に運ばせたのである。

太子丹の帰国をめぐる『燕丹子』の伝承では、天の介入はほのめかされるレベルに留まっていましたが、この「愚公移山」の話では、天帝の関与がはっきりと認められます。山の神の報告を受けた天帝は、愚公の誠意に感動し（原文は「帝（てい）は其（そ）の誠（まこと）に感（かん）じ」）、直接的に手を下して、山を平らにしてしまいます。愚公は別に神頼みをしたわけではありません。むしろその呼称「愚公」が象徴しているように、天に助けてもらおうなどとは微塵も考えず、愚直なまでに地道な作業を続けたことが天帝の心の琴線に触れたのでしょう。愚公の「誠」は天帝の心を動かし、間接的に山をも動かすことができたのです（コラム③「「愚公移山」と『半日村（はんにちむら）』」参照）。

コラム③　「愚公移山」と『半日村（はんにちむら）』

斎藤隆介氏（作）・滝平二郎氏（絵）の『半日村』（岩崎書店、一九八〇年）は、以下のような話の筋をもつ絵本です。

あるところに半日村という村があった。後ろに高い山があり、半日しか日が当たらないので、半日村と呼ばれたのである。この村に一平という子供がいた。ある晩、一平は両親が「あの山さえ、なかったらのう」と嘆くのを耳にする。そこで一平は、翌日の朝、袋をかついで山に登り、てっぺんの土を袋につめて下ると、村の前の湖にそれをあけた。山を少しずつ崩して湖に埋めようと思ったのである。村の子供たちは、最初は一平のことを馬鹿にしていたが、一平が毎日その作業を繰り返していたので、面白がって真似をする子供がしだいに増えていった。そうなると、仲間はずれになりたくないので、とうとう村中の子供が一平の作業を手伝うようになった。村の大人たちは、最初は子供たちのことを馬鹿にしていたが、そのうち作業を手伝う者がしだいに増えていき、ついには村中の大人が仕事の合間に子供たちの作業を手伝うようになった。やがて年月が過ぎ、大人たちは亡くなって一平も大人になったが、山を崩す作業は毎日続けられた。ある朝、半日村で鶏が鳴くと、それと同時に村のたんぼに朝日が射した。長年の努力が実り、山は半分になったのである。これより、半日村は一日村と呼ばれるようになった。

斎藤隆介氏による同書のあとがき「『半日村』に添えて」の中では特に言及されていませんが、この作品が『列子』の「愚公移山」の話に取材していることは、プロットの類似からみて明らかでしょう。興味深いのは、『半日村』においては、天が救いの手を一切差し伸べてはくれないことです。「愚公移山」と異なり、山は村人たちの継続的な努力によって崩されていました。この結末は、児童文学であるがゆえの教育的な配慮かもしれませんが、有り得ない自然現象を天が起こし得る中国と、起こし得ない日本との差異のあらわれとみても面白そうです。

図2　斎藤隆介（さいとうりゅうすけ）氏（作）・滝平二郎（たきだいらじろう）氏（絵）『半日村』（岩崎書店、一九八〇年）表紙

「愚公移山」と『半日村』との違いで、もう一点注意したいのは、誰のために山を崩すのかという問題です。愚公が山を崩そうとするのは、その山のために不便を強いられてい

る彼の一族のためでした。そのため、山を崩す作業は基本的には愚公の一族のみで行われます。隣りに住む子供も手伝っていますが、これは余計な知恵をつけた老人「智叟」と対比させるための演出でしょう。

一方、『半日村』で一平が山を崩そうとするのは、他でもなく村全体のためです。子供たちは「なかまはずれになりたくないから」という理由で作業に参加し、大人たちも「やらないと、なんだか、つきあいがわるいような気がして」手伝い、しだいに村人全員が一平に協力せざるを得ない空気が醸成されていきます。こうした違いにも、宗族間のつながりが何より重視される中国と、所属するコミュニティへの滅私奉公が求められる日本という、それぞれの風土の文化的特徴があらわれているのではないでしょうか。

四、天と天子と人民

このように中国の古典では、天が人助けをして、有り得ないはずの自然現象を起こしてくれるケースが珍しくありません。天がその気になれば、カラスの頭を白くすることはおろか、山をまるごと動かすことさえ造作もないように見えます。時に不思議な力を行使する超越的存在として、天は人民の上に君臨していました。

ところで、前近代の中国では、人間界の統治者のことを天子と呼びました。その代表格は皇帝ですが、始皇帝よりも古い時代の聖人である堯・舜・禹や周の文王なども天子と呼ばれます。目に見える形では、最高権力者として、この天子がまず人民の上に君臨していました。それでは、同じく人民の上に君臨する天と天子とは、いったいどのような関係にあるのでしょうか。

その答えは、天子という呼称にすでに表れています。すなわち、天子は本来「天帝の子」という意味であり、親である天から命を受けて、天下を統治する者と考えられていました。これを天命思想といいます。天命思想は周代に起こり、時には一部の学派によって否定されることもありましたが、王権の正統性を保証する拠りどころとして、その後も歴代王朝に脈々と受け継がれていきました。

天は徳のある為政者を選んで天命を与え、天子に任命して人民を統治させます。当然、天子は父たる天の意に従わなければいけません。天子が善政を行なって人民を労わって（いた）いると、天は瑞祥を下して褒めてくれます。逆に、天子が天意に背いて悪政を行い、人民を虐げていると、天は自然災害を起こして警告を与えます。天子が再三の警告を無視していると、天は別の統治者に天命を与え、革命を通じて統治権を喪失させると考えられていました。このように、天と人（特に天子）の行いとが相関関係にあるとみなす学説を、天人相関説といいます。この学説は、戦国時代にはすでに墨家（『墨子』「天志」に見えます）等によって主張されていましたが、理論的に洗練させたのは前漢の儒者である董仲舒でした。彼の著した『春秋繁露』には、天が不徳の天子から統治権を取り上げるプロセスについて、次のように述べられています。

凡災異之本、尽生於国家之失。国家之失乃始萌芽、而天出災害以譴告之。譴告之而不知変、乃見怪異以驚駭之。驚駭之尚不知畏恐、其殃咎乃至。（凡そ災異の本は、尽く国家の失より生ず。国家の失　乃ち始めて萌芽して、天は災害を出だして以て之を譴告す。之を譴告するも変を知らざれば、乃ち怪異を見して以て之を驚駭せしむ。之を驚駭せしめて尚お畏恐するを知らざれば、其の殃咎乃ち至る。）

〔訳〕およそ災害や怪異の原因は、すべて国家の失政に由来する。国家の失政が兆しはじめた段階で、天は災害を起こして譴責する。譴責しても異変の意味を理解しなければ、その時はじめて怪異を出現させて驚かせる。驚かせてもなお畏怖することを知らなければ、その時はじめて禍がおとずれる。

すなわち、不徳の天子が悔い改めるチャンスは二度あることになります。一度目は自然災害が起こった時、二度目は怪異現象が起こった時です。天がいきなり天子から統治権を取り上げたりはせず、二度のチャンスを与えるのは、親の情なのかもしれません。

興味深いのは、天が警告として引き起こす災害や怪異が、しばしば有り得ないはずの自然現象である点です。たとえば、『太平御覧』という類書の巻十四に引かれる『春秋命歴序』という書物には「桀無道、夏隕霜（桀(けつ)に道無(みちな)く、夏(なつ)に霜隕(しもお)つ）」という記載が見えます。桀は夏(か)王朝の最後の王であり、民を省みずに非道な政治を行ったため、天命を失って最後は殷(いん)の湯王(とうおう)に討伐されました。夏に霜が降りたのは、桀王に対する天の一度目の警告だったのでしょう。もしこの警告が、夏の旱魃や冬の大雪のような実際に起こり得る気象であったなら、異変としてはインパクトに欠け、警告であることが気づかれにくくなります。夏に霜が降りる、という通常有り得ない気象であるからこそ、目に見えて明らかな異変を無視した（或いはその意味を理解できなかった）桀王の不徳がいっそう際立つのです。そう考えると、有り得ないはずの自然現象を天が引き起こす必要性は、天人相関というシステムによって要請されたともいえそうです。

夏の桀王と同様、暴虐の君主として知られる殷の紂王の時代にも、天はやはり異変を起こしています。東晋の干宝(かんぽう)が編纂した『捜神記(そうじんき)』巻一には、次のような一段が見えます。

商紂之時、大亀生毛、兎生角。兵甲将興之象也。（商紂の時、大亀に毛が生じ、兎に角が生ず。兵甲将に興らんとするの象なり。）

〔訳〕殷の紂王の時代、大亀に毛が生え、ウサギに角が生えた。戦乱が今にも起ころうとしている前兆である。

これは「災害」ではなく「怪異」ですので、天の二度目の警告ということになります。この最後通牒を紂王が無視した結果、果たして戦乱が起こり、周の姫発（後の武王）に討伐されて殷王朝は滅亡してしまいました。姫発が紂王を討伐するに当たり、孟津の渡しで黄河を渡ろうとした時、波が逆流し、疾風が吹き荒れていましたが、彼が左手にまさかりを握り、右手に旗を持って目をいからせながら「余天下に在り、誰か敢て吾が意を害する者ぞ（余在天下、誰敢害吾意者）」（私は天の下にいるのだ、私の意向を邪魔することなど誰にできようか）と述べると、風は止んで波も静まったという伝承が『淮南子』「覧冥訓」に記録されています。これなども、天人相関の一つの表れとみてよいでしょう。天は直接「天子」に手を下すことができません（これも親の情でしょうか）。そこで、討伐者を支援し、革命を起こしてもらうという間接的な手段が必要となります。孟津の渡しで起こった奇跡は、すでに紂王が統治権を失い、姫発が新たに天命を受けようとしていることを示すものとして、天が下した瑞祥とみることができるのです。

五、天を感動させるのも実力のうち

ここで、先ほど引用した姫発の台詞「余　天下に在り、誰か敢て吾が意を害する者ぞ」に注目してみましょう。ここにいう「天下」は、単なる「世界」という意味ではなく、文字通り「天の下」、さらには「天の庇護のもと」というニュアンスも込められているように見えます。おそらく姫発には、天命を受ける資格者としての自覚があり、だからこそ「私の意向を邪魔することなど誰にできようか」という自信に満ちた台詞が口をついて出たのでしょう。『淮南子』「覧冥訓」は、姫発が孟津の渡しで波を静めたエピソードを紹介した後、続けて以下のように概括します。

夫全性保真、不虧其身、遭急迫難、精通於天。若乃未始出其宗者、何為而不成。（夫れ性を全うし真を保ち、其の身を虧かざれば、急に遭い難に迫るも、精は天に通ず。乃ち未だ始めより其の宗を出でざる者の若きは、何を為してか成らざらん。）

〔訳〕そもそも純真な本性を完全に保ち、自分の身体を損わなければ、危険な事態に遭遇し災難が身に迫っても、真心は天に通じるものである。大道を外れたことのない者に至っては、何をやっても不可能なことはない。

ここに示されているのは、自身の「性」を損わないよう留意し、大道を踏み外さなければ、真心が天に通じて不可能を可能に変えられるという認識です。「性を全うす」の「性」は、孟子が唱えた性善説の「性」、すなわち天から賦与された善なる人間の本性とみてよいでしょう。『淮南子』は、真心が天に通じた結果、天の助けを得た人間が困難を克服した例の一つとして、姫発の故事を挙げているのです。第三節で紹介した「愚公移山」の愚公も、「誠」で天帝を感動させたという点で、姫発と同様、天を味方につけて不可能を可能にした人間の一人ということができます。

ただ、愚公は姫発と違って、天の存在を特に意識していませんでした。一方、同じく第三節で紹介した燕の太子丹の話では、奇跡が起こる直前に丹が天を仰いで嘆いていることから、どうも丹は天に意識を向けていたように見受けられます。苦境にある人間が天を仰いで嘆き、奇跡を起こす別の例としては、戦国時代の鄒衍をめぐる逸話もよく知られています。『太平御覧』巻十四に引かれる『淮南子』（現在通行している『淮南子』にはこの話は見えません）によれば、燕の恵王に忠を尽くして仕えていた鄒衍は、奸臣の讒言によって投獄されますが、彼が獄中で天を仰いで哭すと、真夏だというのに、天は彼のために霜を降らせたそうです。この夏の霜は、鄒衍の冤罪を晴らしたいという天意の表れであり、また恵王は燕を弱体化させた暗君として知られていますので、無道の王に対する天の警告でもあったのでしょう。

残念ながら『太平御覧』に引かれる『淮南子』の記述は、天が霜を降らせたところで終わっていますので、鄒衍の冤罪がその後晴れたかどうか定かではありません。ただ、いずれにせよ、太子丹のケースでも鄒衍のケースでも、天に向けられた人間のアクションが、奇跡を起こすスイッチとして機能していることは確かです。これは、天に対して人間の側から能動的に働きかけることの有効性を示しているでしょう。先に引いた『淮南子』「覧冥訓」の記述によると、一定の条件――純真な本性を完全に保つ、自分の身体を損わない、大道を外れない等――を満たしさえすれば、天に真心を通じさせることが可能であると漢代の人々は考えていました。すなわち、人間は努力次第で天を感動させ、奇跡を起こしてもらうことができる、ということになります。当時の人々にとっては「天を感動させるのも実力のうち」だったのです。

もちろん、このような発想を迷信として斥ける思想的立場もあります。たとえば、後漢の王充はその著『論衡』の中で、当時信じられていた天人相関説を非合理なものとして徹底的に批判しました。同書の「感虚篇」には、カラスの頭が白くなり、馬に角が生えたことによって秦王が燕の太子丹を帰国させた話も引かれていますが、王充は「此の言は虚なり」（この話は嘘だ）と一蹴します。王充の論法を要約すると「殷の湯王や周の文王や孔子のような聖人が拘留されていた時でさえ、天は助けてくれなかったのに、聖人でない太子丹が天を感動させることができ、天に助けてもらえたのはおかしい」というもので、実に明快です。王充の周到なところは、自説に対する反論をいちいち提示し、それに再反論を加える点なのですが、ここでも王充は「或ひと曰く」として、次のような反対意見を紹介しています。

或曰、「拘三聖者、不与三誓、三聖心不願、故祐聖之瑞、無因而至。天之祐人、猶借人以物器矣。人不求索、則弗与也」。（或ひと曰く、「三聖を拘する者、三と誓わず、三聖 心に願わず、故に聖を祐くるの瑞、因りて至る無し。天の人を祐くるは、猶お人に借すに物器を以てするがごとし。人 求索せざれば、則ち与えざるなり」と。）

〔訳〕ある人はこう言う、「三人の聖人（＝殷の湯王・周の文王・孔子）を拘留していた者は、三人の聖人と誓いを立てなかったし、三人の聖人も心に願うことをしなかったので、聖人を助ける瑞祥も、そのために現れなかったのだ。天が人を助けるのは、人に品物を貸し与えるようなものである。人が求めなければ、天は貸し与えてはくれないのだ」と。

王充はこの意見に対し、三人の聖人だって拘留されていた時に心の中で救いを求めたはずだ、という論法で反駁しているのですが、それはさておき、今注目したいのは「或ひと」が想定している天の救済システムです。天の救済を得るためには、人から品物を貸してもらう時のように、相手に対して能動的に働きかける必要があるという考え方、これは本節で先に引いた『淮南子』「覧冥訓」の「純真な本性を完全に保ち、自分の身体を損わなければ、危険な事態に遭遇し災難が身に迫っても、真心は天に通じるもの」という思想とやや食い違っています。おそらく人によって考え方が異なっていたのでしょう。ただ、天の救済を品物の貸し借りという日常的な事柄に喩えている点からみると、『論衡』「感虚篇」に引かれる「或ひと」の発想の方がより庶民的という印象を受けます。一般大衆レベルでは、自分の身を修めるだけでは不十分で、天に対して積極的に働きかけなければ、真心は天に届かず、救済は得られないという考え方が優勢だったのかもしれません。

なお、王充の思想は生前にはほとんど顧みられることはなく、異端扱いされていました。後漢末になると、彼の思想に共鳴する者が出現し、その後も継承されていって自然思想の系譜を形成するのですが、それと対立する天人相関説も、批判に耐えながら根強く中国社会に影響力を持ち続けました。天人相関説が影響力を持つということは、努力次第で人が天を感動させ、奇跡を起こしてもらうことが――本気で信じられていたかどうかはともかくとして少なくとも建前上は――可能とみなされたということです。このような社会においては、「天と地が合わさったなら」のような条件が、そもそも不能条件ではないことになります。本来ならば有り得ないはずの自然現象を条件として契約を結んでも、それは効力を有する立派な契約とみなされたのであり、だからこそ、カラスの頭が白くなり馬に角が生えたのを確認した秦王政は、きちんと契約を履行して太子丹を釈放したのだとも考えられるのです。

六、中国の「天皇」と日本の天皇

すでに見てきたように、中国では天子（＝天の息子）が最高権力者として人民の上に君臨し、父たる天から命を受けたという名目で地上を統治していました。一方、古代日本の最高権力者は天皇です。それでは天皇は、いかなる名目のもとで地上を統治していたのでしょうか。

この問題について考える前に、まず「天皇」という中国語が本来どのような意味を有していたのかを確認しておきたいと思います。「天皇」という語の古い用例としては、『史記』巻四「周本紀」に見える次の文が比較的よく知られています。

殷之末孫季紂、殄廃先王明徳、侮蔑神祇不祀、昏暴商邑百姓。其章顕聞於天皇上帝。
（殷の末孫季紂、先王の明徳を殄廃し、神祇を侮蔑して祀らず、商邑の百姓を昏暴す。其れ章顕して天皇上帝に聞こえたり。）
〔訳〕殷の末代の子孫である紂王は、先王の美徳を捨て去り、天地の神を侮蔑して祭祀を行わず、愚かさのあまり殷の人民に暴虐を働いた。そのことは露見して「天皇上帝」の聞こしめすところとなった。

周の姫発は、殷を滅ぼして王宮に入った直後に、天子として即位するための儀式を社の前で執り行いました。ここに引いたのは、その儀式の場で史官が読みあげた祝詞の一部です。ここに見える「天皇」は、「天皇上帝」で一つの語なのか、それとも「上帝」と並列関係にあるのか不明瞭ですが、天人相関説に基づいた王権交代の文脈で出てきますので、いずれにせよ、天帝と同等の神を指すとみて間違いないでしょう。漢代の他の例としては、『後漢書』巻五十九「張衡伝」に引かれる、張衡「思玄の賦」の「叫帝閽使闢扉兮、覿天皇于瓊宮（帝閽を叫びて扉を闢かしめ、天皇に瓊宮に覿ゆ）」という句も挙げることができます。「帝閽」は天帝の宮門の番人ですので、ここの「天皇」も天帝に他なりません。『後漢書』に注をつけた唐の李賢も、この箇所に「天皇は、天帝なり」と説明を加えています。このように「天皇」という中国語は、もともと天帝という意味を有していました。

日本でスメラミコトに天皇という漢語が当てられたのは、こうした「天皇」の本義に基づいた上でのことだと思われます。古代日本における天皇が「現人神」（人の姿をとってこの世に現れた神）とみなされていたことは、その証左といえるでしょう。「現人神」の称は、古くは『日本書紀』巻七「景行紀」にすでに確認できます。そこでは、東征したヤマトタケルが、蝦夷の首領から姓名を問われ、「吾は是れ現人神の子なり（吾是現人神之子也）」と答えていました。また、『万葉集』に五例見える「大君は神にしませば」（天皇は神でいらせられるので）という表現からも、天皇を現人神とみなす人々の認識を読みとることができます。天皇は神の代理人ではなく、神そのものだったのです。

こうした観念の思想的バックボーンとなっていたのが、おそらく記紀（古事記と日本書紀）

に見える天孫降臨神話です。日本の国土に当たる葦原中国は、もともと国つ神である大国主が治めていました。それに対し、天上界に当たる高天原を治めていたのが、天つ神である天照大御神（以下、「アマテラス」と略す）です。アマテラスは、天つ神である自分の子孫こそが葦原中国を統治すべきと考え、あの手この手を用いて大国主に国を譲るよう圧力をかけました。大国主も最初は抵抗していましたが、ついには圧力に屈し、天つ神に国土を譲ります。こうして、最終的にアマテラスの孫である邇邇芸命（以下、「ニニギ」と略す）が、統治者として地上界に降臨することになりました。これが天孫降臨です。『古事記』では、その場面を次のように描写しています。

> 故爾に天津日子番能邇邇芸命に詔りたまいて、天の石位を離れ、天の八重多那雲を押し分けて、いつのちわきちわきて、天の浮橋にうきじまり、そりたたして、竺紫の日向の高千穂のくじふるたけに天降り坐しき。
>
> 〔訳〕さてそこで〔天つ神は〕アマツヒコホノニニギノミコトに詔を下され、〔ニニギは〕高天原の神座を離れて、天空の幾重にも広がった雲を押し分けつつ、威風堂々と道をかき分けかき分けて、天の浮橋から浮島に降り立ち、筑紫の日向の高千穂の霊峰に天降り

なさった。

これ以降は、天降ったニニギの子孫が日本の国土を代々統治していきました。ニニギの子が火遠理命（ほおりのみこと）、その子が鵜葺草葺不合命（うがやふきあえずのみこと）、その子が初代天皇とされる神武天皇です。すなわち、神武天皇はアマテラスの直系の子孫に当たり、天皇家は天上の神々の系譜に連なる一族ということになります。天帝を本義とする「天皇」は、現人神という名目で地上を統治するスメラミコトの称として、実にふさわしいものといえるでしょう。一方、中国の天子は、天帝との間に血の繋がりはなく、義理の息子である一人の人間として地上界を統治していました。このように、日本と中国の統治形態には、天の神による直接統治と、天の命による代理統治という顕著な違いが見られるのです。

ただ、いくら現人神とはいえ、実際の天皇は生身の人間にほかなりませんので、中国の天のように、天変地異を引き起こす能力は有していません。したがって、日本では天皇以外の人々も、天皇に真心を伝えるなどの手段によって、間接的に天変地異を引き起こすことができませんでした。天変地異を起こすためには、それこそ天神になった菅原道真のように、自ら荒神になるしかなかったのです。

それに対して中国の人々は、天子を介さず、天に直接訴えるルートが確保されているため、真心をこめて祈るなどの手段により、天変地異を引き起こすことが理論的には可能とされていました。有り得ない自然現象が、究極の契約条件として中国社会で機能し得たのは、おそらくそのためです。そういえば、本章の「はじめに」で紹介した民間歌謡「上邪」では、恋人との関係を断ち切るための条件として、有り得ない自然現象が列挙されていました。語り手の「我」が「上」(=天)に誓いを立てていたのは、もしかすると、誰か(恋のライバル?)の真心を天が感知して天変地異を起こしてしまうのを予防するためなのかもしれません。

おわりに

『宇津保物語』(平安時代中期に成立)の「忠こそ」に「天の下逆さまになるとも、かかることあらじ」(天と地がひっくり返っても、そのようなことはあるはずがない)という文が見えます。このように、日本においては、有り得ない自然現象はそのまま物事の有り得なさを強調するための比喩表現に止まっていました。統治者が現人神である、という非現実的な設定のために、かえって天変地異に対する人々の発想は現実的にならざるを得なかったのでしょう。一方の中国では、天から命を受けた人間が統治者になる、というわりあい現実的な設定のために、かえって誰でも努力次第で天変地異を起こし得るという非現実的な発想が、人々の間で共有されたということもできそうです。

以上、本稿では、日本と中国の古典作品中に見える有り得ない自然現象とその在り方をざっと眺めてきました。対象とする時代が偏り、十分な数の作品を取り上げられなかったため、多少大味な分析になってしまいましたが、両国の文化的差異の一端を垣間見ることができたのではないでしょうか。今後、日中の古典や現代文学の作品を読んでいて、有り得ない自然現象のモチーフを見つけたときは、その在り方にぜひ注意を払ってみてください。

参考文献

繁原央『日中説話の比較研究』（汲古書院、二〇〇四年）
川合康三『中国の恋のうた　『詩経』から李商隠まで』（岩波書店、二〇一一年）
立石展大『日中民間説話の比較研究』（汲古書院、二〇一三年）
繁原央『対偶文学論』（汲古書院、二〇一四年）
堀誠『日中比較文学叢考』（研文出版、二〇一五年）
中島隆博・本間次彦・林文孝『コスモロギア　天・化・時』（法政大学出版局、二〇一五年）

第三章　中日井戸異聞
――文学に描かれる井戸描写を中心に――

山　崎　藍

はじめに

みなさんは「井戸」に対して、どのようなイメージを持たれているでしょうか。最近は水道の普及により井戸の活躍の場は少なくなりました。井戸を使った経験がない方もいらっしゃるでしょう。

今から二十年程前、東京にある筆者の実家を建て替える際、不要になった井戸を閉じるお祀りを行なうことになりました。すると大工さんが、井戸神が呼吸できるようにしなければならないと言い、井戸から地上に通じる細い管を設置したのです。二一世紀になろうとしていても、まだこのような習慣が息づいていることが新鮮で、今でもその大工さんとのやりとりを鮮明に覚えています。

博士課程に進学後、不思議な巡り合わせで、中国古典文学に描かれる井戸について考える機会を得ました。すると、世界中の文学作品の中で、様々な井戸が描かれていることに気づいたのです。こう言って思いだされるのは、井戸に落とされて幽霊になったお菊「一枚、二枚……」とお皿を数える「皿屋敷（お菊井戸）」などに代表される怪談話かもしれません。し

図１　安藤広重「戯画・お化け」（座右宝刊行会　後藤茂樹編『広重』集英社、一九七四年、一一一頁より転載）お菊が井戸の中から焼き接ぎ屋さんを呼び止め、割れてしまったお皿を直して貰おうとします。焼き接ぎ屋さんはビックリ。ユーモアあふれる作品です。
※所蔵者不明につき、所蔵者がおわかりの方はご連絡下さい。

かし、実は古い時代に限らず、現代の作品、例えば、ノーベル文学賞の候補として近年名前が挙がっている村上春樹は、井戸を象徴的な舞台として繰り返し登場させています（『ねじまき鳥クロニクル』『ノルウェイの森』など）。アントワーヌ・ド・サン＝テグジュペリ『星の王子さま』に描かれる、パイロットと王子が沙漠で井戸を見つけるエピソードも印象的です。マンガでは、高橋留美子『犬夜叉（いぬやしゃ）』の主人公犬夜叉とかごめが「骨喰いの井戸」を使って現代と戦国時代をタイムスリップしていました。このような例は枚挙に暇がありません。これも、井戸が古今東西、魅力的で奥深い場所だからでしょう。

この文章では、主に中国と日本の古典文献に触れながら、井戸がどのように描かれてきたか、井戸にどのようなイメージを落とし込んでいたのかを覗いていくことにします。それらを読み解くことで、井戸の様々な一面を垣間見ることができるでしょう。

一、経典の井戸

井戸は、現代日本に生きる我々にとっての水道と同じく、古代中国の人々に清らかな水をもたらす場所として認識されていました。それは、中国の訓詁字書のひとつ『釈名（しゃくみょう）』巻五「釈宮室」に、「井、清也。泉之清潔者也（井は、清なり。泉の清潔なる者なり）」と記載されていることからもうかがい知ることができます。また、「井」は、重要な経典『易』の中の卦のひとつとしても用いられており、「井」巽下坎上には次のように記されています。

井、改邑不改井。无喪无得。往来井井。汔至亦未繘井。羸其瓶、凶。（井は、邑を改むれど井を改めず。喪うこと无く得ること无し。往来井井たり。汔ど至らんとするも亦た未だ井を繘せず。其の瓶を羸る、凶なり。）

この文章だけですとわかりにくいので、唐代の学者、孔穎達が書いた注釈をみましょう。

井者、物象之名也。古者穿地取水、以瓶引汲、謂之為井。此卦明君子修徳養民、有常不変。終始无改、養物不窮、莫過乎井、故以修徳之卦取譬、名之井焉。（井なる者は、物象（物・物の形）の名なり。古は地を穿ちて（掘って）水を取り、瓶を以て引汲す、之を謂いて井と為す。此の卦は君子徳を修めて民を養い、常に変らざる有るを明らかにす。終始改まる無く、物を養いて窮まらざるは、井に過ぐる莫し、故に修徳の卦を以て取譬（たとえる）し、之を井と名づく。）

孔穎達の考えによるならば、井戸は常に変わらぬものであり、君主が徳によって人々を養育する様と重なると考えられていたことになります。唐代に成立した類書『初学記（しょがくき）』巻七「井六」項に引く『風俗通（ふうぞくつう）』にも、

風俗通云、井者、法也。節也。言法制居人、令節其飲食無窮竭也。（風俗通に云う、井なる者は、法なり。節なり。言うこころは、居人を法制し、其の飲食を節して窮竭（きゅうけつ）（使い果たす）無からしむるなり、と。）

とあります。これらの文章から、井戸が、清廉さや徳、法、節度と結びつけられ、人々に恩恵をもたらすものと見なされていたことがわかります。

二、井戸神の存在 ―― 祭祀と井戸 ――

人々に水を供給し、様々な恵みをあたえてくれる井戸。このような井戸を祀る習俗は中国でも古くから行われていました。門や戸、井戸などの五つの場所を祀る儀式（「五祀（ごし）」）が行われたとする記載が良い例でしょう（『白虎通（びゃっこつう）』）。

また井戸は神聖な場所であり、神様や精霊がいると考えられるようになりました。いくつか例を挙げてみましょう。

六朝初期に成立したとされる辟邪《へきじゃ》（魔除け）書『白沢図《はくたくず》』には様々な井戸神が描かれています。例えば、「井神、曰吹簫女子（井神は、吹簫女子と曰う）」（『太平御覧《たいへいぎょらん》』巻百八十九に引く『白沢図』）や、「故井之精、名観、状如美女。好吹簫、以其名呼之、即去（故井の精、名は観、状は美女の如し。簫を吹くを好み、其の名を以て之を呼べば即ち去る）」（『太平御覧』巻八百八十六に引く『白沢図』）のように、観という名前で簫という楽器を吹くのを好む、美しい女性のような姿だとあります（このお話は元代や明代の書物ではさらに複雑な内容になっていきます）。また、「井精、名必、状如犬。宍五斤、享而食之（井精、名は必、状は犬の如し。宍（肉）五斤、享《に》て之を食す）」ともあり、何と犬のような姿をしているものもいます（『天地瑞祥志《てんちずいしょうし》』に引く『白沢図』。『天地瑞祥志』本文は「犬宍」を「宍犬」に作る。コラム①「天地瑞祥志」参照）。

宋代に編纂された書物『太平広記《たいへいこうき》』巻三百九十九に引かれる『玉泉子《ぎょくせんし》』（唐代頃成立）では、賈耽《かたん》という人物が井戸を掘らせたところ、一人の老父が現れ、自分のことを「井大夫である」と名乗ったとあります。老父ですから、この作品での井戸神は男性ですね。この他、宋代や清代の文献には童子の姿をしている井戸神の記載も見受けられます。

一九九四年には、中国江蘇省鎮江市で井戸神とされる像も発見されています。宋代の作と推定され、大きさは約二十センチ。朗らかに笑う二人の顔が印象的です。この井戸神については、唐代の僧で後世、民間に流行した寒山と拾得の造形と似ているとの指摘があります（張剣「鎮江出土的宋代陶塑」『収蔵』二〇一〇年十一期）。一方で、中国の苗族には、井戸神のことを「井公」「井婆」と呼ぶ習俗があるそうですから（湊純声・芮逸夫『湘西苗族調査報告』商務印書館、一九四七年）、男女一対の井戸神がいても不思議ではないでしょう。現代でも紙馬の題材として井戸神が使用されていることからも、井戸神は生活に根ざしているのがうかがえます。

このように、井戸にいる神や精霊の姿は、美女や得体の知れないもの、老人、夫婦など様々

図２　河南省内丘の紙馬（樋田直人『中国の年画　祈りと吉祥の版画』大修館書店、二〇〇一年、一八四頁より転載）樋田氏によると、紙馬は「神馬」とも称し、起源は漢代まで遡れるとされます。日常の祭祀儀礼などに用いられ、最近は春節の折にも貼ることがあるそうです。年末の除夜の日には井戸の汚れを落として封をし、井戸の紙馬を貼って新年を迎え、年が明けて初めて水を汲むときには紙銭を焼いて井戸神を祀ります。特に正月一日は井戸の女神が髪を結い化粧をする日で、井戸水を鏡に使うために使用禁止になるとのことです。

です。日本でも、冒頭にお話しした私の実家の井戸神のように、井戸を特別な場所と見る考えは現代でも息づいています。『古事記』に描かれる木俣神（御井神）を祀る神社は全国にありますし、『日本書紀』には、身体が光り尾がある「井光」という国神が井戸から出てくる描写も見受けられます。また、中国から伝わり『和名類聚抄』などにもみえる土の守護神「土公神」は、春はかまど、夏は門、秋は井戸、冬は庭にいて、土公神がいる土を犯す場合は土公祭を行わなければならないと言います（鐘方正樹『井戸の考古学』同成社、二〇〇三年）。水が無ければ人間は生きていけません。井戸を祀る行為からも、水、そして井戸への信仰の一端を垣間見ることができるのです。

コラム①　天地瑞祥志

『天地瑞祥志』は天文を中心に記された専門の類書です。中国では宋代頃にはすでに散逸していましたが、日本では陰陽道家を中心に利用されました。日本の前田尊経閣文庫に最も古い写本が残っており、文献の引用に加え、呪符や麒麟などの図も記録されています（水口幹記『日本古代漢籍受容の史的研究』汲古書院、二〇〇五年参照）。なお一三二ページに引用した文について、『天地瑞祥志』には出典を明記していませんが、佐々木聡『復元白沢

図　古代中国の妖怪と辟邪文化』（白澤社、二〇一七年）に従い、『天地瑞祥志』に引く『白沢図』としました。

三、閉ざされた井戸

一方で、狭く閉ざされた場所として描かれる井戸もありました。そう言われて、『荘子』「秋水篇」の「井鼃（せいあ）」故事をもとにしたことわざ「井の中の蛙大海を知らず」を思いだされた方もいるかもしれません。このような「閉塞感」を表現した井戸が、中国の詩歌で詠われているのをご存じでしょうか。楚の政治家・屈原（くつげん）の忠義の心を誉めたたえ、その徳を述べる作品、前漢・劉向（りゅうこう）「九歎」には、次のような一節があります。

前漢・劉向「九歎・怨思」

菀蘼蕪与菌若兮　　蘼蕪と菌若を菀（つ）み
漸藁本於洿瀆　　藁本を洿瀆（おとく）に漸（ひた）す
淹芳芷於腐井兮　　芳芷を腐井に淹（ひた）し

弃雞駭於筐簏　雞駭を筐簏に弃つ

これだけですとわかりにくいので、後漢の学者・王逸の注釈を見てみましょう。

言積漬衆芳於汚泥臭井之中、棄文犀之角、置於筐簏而不帯佩、蔽其美質、失其性也。以言棄賢智之士於山林之中、亦失其志也。（言うこころは衆芳を汚泥臭井の中に積漬し、文犀（模様があるサイ）の角を棄て、筐簏（物を盛る竹の器）に置きて帯佩（持ち運ぶ・携帯する）せず、其の美質を蔽い、其の性を失わしむるなり。以て言うこころは賢智の士を山林の中に棄て、亦た其の志を失わしむるなり。）

王逸の説によるならば、有能である自分（＝衆芳）が不遇であり、「腐井」に放置されていることを嘆いています。「九歎」の作者である劉向は、持てる力を発揮できない「閉塞感」を表現するのに、井戸底に放置された香草という比喩を用いているのです。この詩の他にも、自分のことを「井中泥」（井戸の下層にある泥）のような身に甘んじており、時世に捨てられるような人間ではないとの思いを述べている作品もあります（作者不詳或いは梁・劉孝威「箜篌謠」）。

井中泥は、医学書である明・李時珍『本草綱目』巻七「井底泥」項などに薬の材料として記されていますが、井戸底から取り出されなければ、井戸の泥は汚れのもととなります。澄んだ水を供給する井戸は、適切な手入れが行われないならば、たちどころに底に泥が沈む、よどんだ空間ともなり得たのです。

四、様々な場所へと繋がる井戸

六朝志怪以来、中国の小説では、色々な場所へと続く「通り道」の役割を果たす井戸が描かれています。例えば唐代の雑記集、段成式（だんせいしき）『酉陽雑俎（ゆうようざっそ）』には、次のような記載があります。

景公寺前街中旧有巨井、俗呼為八角井。唐元和初、有公主夏中過。見百姓方汲、令従婢以銀稜椀就井承水、誤墜井。経月余、出於渭河。

〔大意〕長安の都にあった景公寺の前街に、昔、大きな井戸があり、俗に八角井（八角形の井戸）と呼ばれていた。唐元和年間（八〇六～八二〇）の初め頃、ある公主が夏にこの井戸を通りかかり、人々がちょうど水を汲み上げているのを見て、下女に銀稜椀で水を承けさせたが、下女が誤って井戸に落としてしまった。しかし一ヶ月余り後、その椀は渭水から発見された。

作品中の八角形の井戸底は渭水（中国陝西省を流れる黄河の支流）に通じていて、地底の水脈にたどり着いたことがみてとれます。日本でも、例えば奈良東大寺二月堂の閼伽井は、お水取りが行われる一日だけ若狭国の音無川にある鵜の瀬の水と通じるようになるという伝説があり、この話と同じく、井戸が今いる場所と遠い所をつなぐ役割を果たしています。

また井戸はこの世とは違う世界にも続いていました。『太平広記』巻百九十七「張華」（出『小説』・魯迅は梁・殷芸の作とする）には次のようにあります。

又嵩高山北有大穴空、莫測其深。百姓歳時毎遊其上。晋初、嘗有一人悞墜穴中。同輩冀其儻不死、試投食於穴、墜者得之為糧、乃縁穴而行、可十許日、忽曠然見明。又有草屋一区、中有二人、対坐囲碁。局下有一杯白飲。墜者告以饑渴、碁者曰、可飲此。墜者飲之、気力十倍。碁者曰、汝欲停此不。墜者曰、不願停。碁者曰、汝従西行数十歩、有一井。其中多怪異、慎勿畏。但投身入中、当得出。若饑、即可取井中物食之。墜者如其言。井多蛟竜、然其墜者、輒避其路。墜者縁井而行、井中有物若青泥、墜者食之、了不復饑。可半年許、乃出蜀中。因帰洛下、問張華。華曰、此仙館。所飲者玉漿、所食者竜穴石髄也。

〔大意〕嵩高山の北にある大穴に誤って落ちてしまった男がいた。十日程歩いた頃に明かりが差し込み、碁を打つ二人の人物と出会った。「ここに住みたいか」と尋ねられ、住みたくないと答えると、碁を打っていた人物が「ここから西に進むと井戸がひとつある。そこに身を投ずれば必ず外に出られるだろう。飢えた時には井戸の中の物を取って食べるとよい」と言った。言われた通りに井戸に身を投じると、中には蛟竜が多く住んでいた。男は井戸の中の物を食べて腹を満たし、半年程で蜀の地に出た。洛陽に帰り張華に尋ねると、男が見たものは仙人の館、飲んだものは玉の汁、食べたのは竜穴の石の髄だと教えてくれた。

仙人たちが住む別世界からこの世に戻る通路として井戸が描かれています。「井多蛟竜」とあるように、この井戸には蛟竜が棲んでいました。竜は井戸神・水の神としても知られますから、その影響もあるでしょう。また、『太平広記』巻二十「陰隠客」（出『博異志』・唐代の鄭還古の作とされる）の冒頭にも、不思議な話が書かれています。

唐神龍元年、房州竹山県百姓陰隠客家富、荘後穿井二年、已浚一千余尺而無水。隠客穿鑿之志不輟。二年外一月余、工人忽聞地中鶏犬鳥雀声。更鑿数尺、傍通一石穴。工人乃入穴探之。初数十歩無所見、但捫壁傍行、俄転有如日月之光、遂下。其穴下連一山峰。工人乃下山、正立而視、則別一天地、日月世界（略）工人曰、「既是仙国、何在吾国之下界」。門人曰、「吾此国是下界之上仙国也。汝国之上、還有仙国如吾国、亦曰梯仙国、一無所異」。

〔大意〕房州竹山県に陰隠客という男がおり、屋敷に井戸を掘ろうと二年の間地を掘らせた。穴は一千余尺（唐代の一尺は約三十一センチ）もの深さになったが、水は出てこない。それでも諦めることなく一ヶ月余り掘ると、井戸掘り職人が、突然穴の中から鶏や犬やすずめ等の鳴く声を耳にした。さらに数尺掘り続けると、横穴があったので、井戸掘りは穴に入って進み、壁伝いに歩いて行くと、急に日月の光のようなものが差し込んできた。穴の下には山々が連なっており、井戸掘りが山を下りて眺めると、別天地、太陽と月のある世界が続いている。（略）その国で出会った門番に、井戸掘りが「仙人の国でしたら、何故私の国の下界にあるのでしょう」と尋ねると、「我が国は下界の上仙国です。お前の国の上に、私の国のような仙人の国、梯仙国があり、我が国と全く同じです」と答えた。

「陰隠客」の井戸から聞こえる「鶏犬鳥雀声」は、日本の浦島太郎伝説を彷彿とさせる晋・陶淵明（とうえんめい）「桃花源記」にも登場します（コラム②『桃花源記』と浦島伝説」参照）。井戸掘り職人が井戸を通ってたどり着いたのは、この世とは異なる仙人の国でした。門番の話によると、井戸掘りがいたこの世の上下に、それぞれ別天地があったことになります。この話には続きがあり、仙人の国を見て回った後、職人はもといた世界に戻ってきますが、様子は様変わりしています。慌てた職人が道ばたの人に話を聞いてみると、井戸を掘るよう依頼していた陰隠客は何と三、四代前の人とのこと。職人はその後、世間と交わるのを避けるようになり、その後行方がわからなくなってしまいます。

一方、『太平広記』巻三百九十九「王迪（おうてき）」（出『祥異集験』・唐代の麻安石作とされる）には次のように記されています。

唐貞元十四年春三月、寿州随軍王迪家井、忽然沸溢、十日又竭。見井底、有声、如嬰児之声。至四月、兄弟二人盲、又一人死。家事狼狽之応験。

〔訳〕唐貞元十四年（七九八）春の三月、寿州（現在の安徽省）随軍の王迪の家の井戸が突然涌きだし、十日して枯れてしまった。井戸底があらわれ、赤ん坊の泣き声のような音がする。四月になって、王迪の兄弟のうち二人が失明し、一人が死んでしまった。家で起きたこれらの惨事は、井戸の凶兆に応じたものである。

この井戸からも別世界からの音、「嬰児之声（赤ん坊の声）」が聞こえていますね。赤子の声は死と不幸の予兆であったとする説が民俗学で指摘されています。「嬰児之声」は、先程の「陰隠客」での井戸から聞こえた「鶏犬鳥雀声」とは意味合いが異なり、恐ろしい「死と不幸の予兆」の音、と考えるべきでしょう。梁代に書かれた歳時書、宗懍（そうりん）『荊楚歳時記（けいそさいじき）』には、

正月未日夜、蘆苣火照井廁中、則百鬼走。（正月未日夜、蘆苣（アシ）の火もて井廁（井戸やトイレ）中を照らせば、則ち百鬼走る。）

とあります。現在でも中国の荊州地方に「井廁好蔵鬼」、つまり「井廁」にはよく幽霊が隠れているという諺が伝わっているそうです。火をともして、幽霊をトイレと井戸から追い払う行為の背景には、井戸やトイレといった深く暗い場所には幽霊がいるとする観念の存在があるで

しょう。

この作品以外にも、『太平広記』には、井戸に関連する異常な現象（例えば、井戸が沸騰したかのように沸き立つなど）やそれに伴う死、井戸に身を投げての自殺、殺害後死体を井戸に隠すなどの描写のある故事が多く描かれています。小説ではありませんが、『墨子』「非儒下」には、

> 其親死、列尸弗斂、登屋窺井、挑鼠穴、探滌器、而求其人焉。（其の親死すれば、尸（死体・遺体）を列して斂（棺におさめること）めず、屋に登り井を窺い、鼠穴を挑ち、滌器（手などを水で洗う器）を探りて、其の人を求む。）

とあります。この記載によれば、当時、亡くなった人の魂を呼ぶ儀式、「招魂」（魂呼ばい）のひとつとして、井戸底をのぞく行為が存在していました。「窺井」以下は『礼記』『儀礼』などの葬送儀礼に関する記述に見られないので作り話であるとの説もありますが、日本各地にも、意識がなくなった人を呼び覚ます際、井戸を覗きながらその人の名前を呼ぶと生き返るとする習俗が最近まで残っていたことを考慮すれば、大変興味深い資料といえます。井戸は黄泉へと繫がっていたとする観念があったのです。

このように、中国の井戸が通じるのは、すばらしい別世界や桃源郷とは限りませんでした。井戸は死や怪異と隣り合わせの空間でもあったのです。

コラム② 「桃花源記」と浦島伝説

「桃花源記」は、仙境に紛れ込んだ漁師を描いた仙境説話です。男が川を船でさかのぼるとこれまで見たことがない村にたどり着きます。そこにいる村人達の先祖は、戦乱を避けてこの場所にやってきて、今、外界で何が起きているのか何も知らないとのこと。数日間歓待された後帰ろうとした男に、村人達は「この村のことは他言しないように」と言います。しかし帰郷した男は役所にこの村のことを報告し、帰る途中に付けた印をたどって役人たちと一緒に再度探しに行きますが、村は見つかりませんでした。浦島伝説を考える際には、「桃花源記」や『幽明録』「劉晨阮肇」、第四節にも引いた「陰隠客」といった文言小説の影響を見逃せません。

また、台湾やインドネシア、韓国などの東アジアの広範囲の地域に、浦島伝説の類例があることが指摘されていますし、近年、中国の洞庭湖周辺に伝わる説話群、中でも「龍女伝説」と呼ばれる話が発表され注目を集めました。ストーリー展開が浦島伝説と大変似ているためです。ただ、故郷との時間差で絶望し悲嘆する日本の浦島伝説と大きく異なり、中国の説話群では竜宮を訪ねた後に乙姫を連れて帰って妻にするケースが見受けられます。口承伝承のため成立年代が断定できないのが残念ですが、浦島伝説の伝来を考える際には、仙境説話と併せて口承伝承の存在をおさえておくとよいでしょう（君島久子編『日本民間伝承の源流　日本基層文化の探求』「中国の民間伝承と日本――羽衣・浦島を軸として――」（小学館、一九八九年）、三舟隆之『浦島太郎の日本史』（吉川弘文館、二〇〇九年）参照）。

五、井戸を詠った詩歌 ―― 唐代以前 ――

（一）故郷への哀愁と女性の不安

この章では、唐代以前の中国の詩歌で井戸がどのように詠われているかを見ていきます。『詩経』所収の作品や、『楚辞』に収められている作品のうち漢代以前のものには、井戸を扱った作品はありません。漢代からの詩歌に現れる井戸のうち代表的なものは、「故宅に残された井戸」と「離れた地にいる恋人を思い水を汲む井戸」です。まず「故宅に残された井戸」詩をみてみましょう。

作者不詳「古詩三首　其二」（一部）
兎従狗竇入　　兎は狗竇より入り
雉従梁上飛　　雉は梁上より飛ぶ
中庭生旅穀　　中庭には旅穀生じ
井上生旅葵　　井上には旅葵生ず

十五歳で兵士となり、八十歳でようやく故郷に戻ることができた老兵の歌です。懐かしい我が家には家族の姿はなく、棲みついているのはウサギとキジだけ。植えた人もいないのに穀物や葵が生い茂っている、と詠います。

隋・元行恭「過故宅詩」（一部）
草深斜径没　　草深くして斜径没し
水尽曲池空　　水尽きて曲池空し
林中満明月　　林中に明月満ち

是処来春風　　是処に春風来たる
唯余一廃井　　唯だ余す　一廃井
尚夾両株桐　　尚お夾む　両株の桐

元行恭が故郷への一時帰還の際に詠んだ作品。井戸端に生える桐（＝井桐）は、落葉する様子から、凋落を想起させる植物として六朝から唐代の詩にしばしば描かれます。「過故宅詩」内の「廃井」「両株桐」という語について、原田直枝氏は、「故郷、故宅を象徴する景物である井と桐樹を用いた表現」であり、一連の荒廃をもたらした時間の堆積と、語り手が故郷を離れた間に過ぎ去った時間の長さが見えてくる、と指摘しています（原田直枝「『江南は瘴癘の地』そして故郷は」（『中国文学報』第七十一冊、二〇〇六年））。

故宅に残された井戸が植物に蔽われていると詠われるのは、井戸は家に欠かせない道具であり、人が生活していれば井戸に植物が絡みつくことはないからでしょう。第一節で引用した『易』に「井、改邑不改井（井は、邑を改むれど井を改めず）」とあるように、井戸は場所を改めることはない、つまり、その場に存在し続けるものでした。水を汲む場としての役回りを終え、動くことも叶わず朽ちていく井戸と、葵や桐といった、今も生き続ける植物を対にして描くことで、故郷、故宅の荒廃ぶりと時間の経過が鮮明になっています。

次に、「離れた地にいる恋人を思い水を汲む井戸」を詠った作品を挙げます。

梁・庾丹「秋閨有望詩」（一部）

已泣機中婦　　已に機中の婦を泣かしめ
復悲堂上君　　復た堂上の君を悲しましむ
羅襦暁長襞　　羅襦　暁に長に襞み
翠被夜徒薫　　翠被　夜　徒に薫ず
空汲銀牀井　　空しく銀牀の井を汲む
誰縫金縷裙　　誰か金縷の裙を縫わん
所思竟不至　　思う所　竟に至らず
空持清夜分　　空しく清夜の分かるるを持す

梁・庾丹「夜夢還家詩」

帰飛夢所憶　　帰り飛んで憶う所を夢み

共子汲寒漿　　子と共に寒漿(かんしょう)を汲む
銅瓶素糸綆　　銅瓶　素糸の綆(こう)
綺井白銀牀　　綺井　白銀の牀
雀出丰茸樹　　雀は丰茸(ぼうじょう)たる樹より出で
虫飛玳瑁梁　　虫は玳瑁(たいまい)の梁に飛ぶ
離人不相見　　離人　相見えず
争忍対春光　　争(いか)でか忍ばん　春光に対するに

「牀」はここでは井げたのこと。「秋閨有望詩」「夜夢還家詩」に詠われる「銀牀」は、井戸を描く詩においてしばしば登場します。「秋閨有望詩」のように、女性が井戸端に立って一人水を汲む姿を描く詩は、六朝、唐代通じて多く作られており、女性が恋人を思っている時井戸に言及する詩は更に数が増えます。井戸は、愛しい人と離ればなれの女性の悲しみを描くのに、格好の舞台として用いられたのです。「夜夢還家詩」は、男性が夢を介して遠き地にいる妻と出会い、夫婦で銅瓶を使い井戸水を汲む姿が詠まれた珍しい作品です。ここでの「子」はあなた、つまり男の妻に当たります。男は夢の中で愛しき妻と共に水を汲みますが、夢から覚めれば妻の姿は消えてしまいます。男を現実に引き戻した春の光が、その悲しみを一層耐え難いものにしているのです。

（二）釣瓶の象徴性

井戸に欠かせない釣瓶（つるべ）（＝瓶）は、大変象徴的な道具として登場します。第一節で挙げた、『易』「井」卦「汔至亦未繘井。羸其瓶、凶（汔（ほとん）ど至らんとするも亦た未だ井を繘（つるべなわ）せず。其の瓶（つるべ）を羸（やぶ）る、凶なり）」の記載によれば、瓶を壊すことに人々が抵抗感を抱いていたことがわかりますし、宋代に編纂された類書『太平御覧』巻七百五十八「瓶」項に引く『雑五行書』の、

雑五行書曰、懸瓶井中、除邪気。（雑五行書に曰く、瓶を井中に懸（か）くれば、邪気を除く、と。）

図3　漢代の灰陶（かいとう）井戸（愛知県陶磁美術館所蔵　茂木計一郎氏寄贈）灰陶とは、灰色の陶器で、土器の一種。この灰陶井戸の井戸枠には動物の文様が描かれており、水をくみ上げるのに使う容器「釣瓶」と、釣瓶を回転させる「轆轤」が付いています。

の記載からも、瓶には邪気を払う、「辟邪」（魔除け）の効能があるとされていました。

また、前漢揚雄「酒箴」（『漢書』巻九十二「遊侠伝・陳遵」）という文章にも、面白い描写があります。王莽に才能を認められた陳遵は酒を好み、好事家に疑問を質されると経典を持ち出して語る友人張竦に対し、常に「酒箴」を語ります。

子猶瓶矣。観瓶之居、居井之眉、処高臨深、動常近危。酒醪不入口、臧水満懐。不得左右、牽於纆徽。一旦叀礙、為瓽所轠。身提黄泉、骨肉為泥。自用如此、不如鴟夷。（子は猶お瓶のごとし。瓶の居を観るに、井の眉（井戸端）に居りて、高きに処りて深きに臨み、動けば常に危うきに近づく。酒醪（濁り酒）は口に入れず、水を臧めて懐を満たす。左右するを得ず、纆徽（井戸縄）に牽がる。一旦叀かり礙げらるれば、瓽（井戸の内側にある瓦の壁）の轠つ所と為る。身を黄泉に提ち、骨肉泥と為る。自用此くの如くんば、鴟夷（酒を入れる革袋）に如かず。）

この文章には続きがあり、酒を入れる革袋である鴟夷は、終日酒が盛られ、常に国の器として天子の車に従軍するなどの仕事をこなすのだから、酒に何の過失があろう、とあります。陳遵は、経典を読む清廉な士である張竦を、縄に繋がれ不自由で危険と隣り合わせの瓶にたとえ、豪胆な性格で酒飲みである自分を酒を入れる革袋になぞらえたのでしょう。時をおかず王莽は敗走し、張竦は賊兵に殺されてしまいます。まさしく、井戸の底は黄泉に通じており、瓶であった張竦は、黄泉に投じられて命を落としてしまったのです。

図４　西晋時代の神亭壺（魂壺）（メトロポリタン美術館所蔵）小南一郎氏によれば、三国（東呉）から西晋にかけての時期、長江下流域の墓葬中にしばしば神亭壺が納められ、死者の魂はこの神亭壺を通じて祖霊達の世界へ赴き、逆に死者の魂を招く際にはこの壺が寄り代となって魂がこの世に帰ってくるとされているそうです（「壺型の宇宙」『東方学報』第六十一冊、一九八九年）。

井戸は第一節で触れた清廉さや法、節度のイメージを持ちながら、一方で第四節で挙げた小説では、死や怪異、黄泉へ続くトンネル、異界への境界として認識されていました。また日中両国において、瓶を含めた壺状の容器は魂を宿す寄り代としての機能を持つ道具としても知られています。「酒箴」の作者である揚雄にとっても読者にとっても、瓶は単なる「ものの喩え」ではなかったはずです。黄泉へと通じる井戸の上に高くあげられ、何時砕かれるとも知れず、上がったり下がったりを繰り返す瓶。これを魂の容れ物と見るならば、「酒箴」を読む我々も大きな不安をかきたてられずにはいられません。

このような瓶の象徴性は、詩歌にも表れています。

作者不詳或いは斉・釈宝月（しゃくほうげつ）「估客楽（こかくがく）　其二」

有信数寄書　信有らば数（しばしば）書を寄せよ

無信心相憶　信無ければ心に相憶う

莫作瓶落井　作す莫かれ　瓶の井に落ち

一去無消息　一たび去りて消息無きを

この作品では、恋人からの消息がなくなることを、井戸底に落ちる瓶に託して詠っています。管見の限り、このタイプの作品は、唐以前は「估客楽　其二」しか残されていませんが、唐代以降はしばしば見受けられており（後述）、瓶の象徴性をうかがい知ることができます。

このように、中国の詩における井戸は、先に述べたような、『易』に描かれる清廉さや徳、節度を想起させる井戸とも、小説における異世界への通り道としての井戸とも異なっていることがおわかり頂けたと思います。日々の暮らしに欠かせない井戸は、詩歌の世界では、日常の崩壊や、あるべき幸福の不在を感じさせる場所として描かれたのです。

コラム③　背井離郷

「離郷背井」とも言い、生まれ育った場所を離れて暮らすことを意味する四字熟語です。第五節でご紹介した、井戸が故郷や故宅の象徴であるという考えからうまれた表現でしょう。面白いことに、古い例は見受けられません。南宋から元に成立したとされる『大宋宣和遺事』や元末頃には成立していた「元刊雑劇三十首」などに登場します。

六、井戸を詠った詩歌 ―― 唐詩を中心に ――

(一) 轆轤の表象

唐代になると、六朝からの特徴(「故宅に残された井戸」、「離れた地にいる恋人を思い水を汲む井戸」)をもつ井戸詩に加え、釣瓶と轆轤(ろくろ)が多く詠われるようになります。轆轤とは、釣瓶を上下させるための滑車のこと(図3参照)。轆轤を詠ずる唐詩は四十首程あり、「女性の悲哀と共に詠われる轆轤」(例えば常建(じょうけん)「古興」)、「世俗を離れた環境(寺院など)を描く際に詠われる轆轆轤」（例えば李頎（りき）「長寿寺粲公院新甃井」）、「男性の才能を認め、引き上げ用いることを詠う際使われる轆轤」（例えば貫休（かんきゅう）「古意代友人投所知」）の三タイプに分けられます。このうち最も多いのは第一のタイプで、井戸縄が切れて落下する瓶や、轆轤の回転につれて上下する瓶が、女性の運命に重ね合わせられているという特徴があります（唐代以前にも轆轤を詠じた詩はありますが、このような象徴性は見受けられません）。いくつか例を挙げてみましょう。

王昌齢（おうしょうれい）「行路難」

双糸作綆繋銀瓶　　双糸　綆を作りて銀瓶を繋（か）く
百尺寒泉轆轤上　　百尺の寒泉　轆轤の上
懸糸一絶不可望　　懸糸一たび絶つれば望むべからず
似妾傾心在君掌　　妾が心を傾けて君が掌に在るに似たり
人生意気好遷捐　　人生意気　好く遷捐し
只重狂花不重賢　　只だ狂花を重んじて賢を重んぜず
宴罷調箏奏離鶴　　宴罷み箏を調（かな）でて離鶴を奏し
迴嬌転盼泣君前　　迴嬌転盼　君前に泣く

君不見眼前事
豈保須臾心勿異
西山日下雨足稀
側有浮雲無所寄
但願莫忘前者言
剉骨黄塵亦無愧
行路難　勧君酒　莫辞煩
美酒千鍾猶可尽
心中片愧何可論
一聞漢主思故剣
使妾長嗟万古魂

君見ずや　眼前の事
豈保たんや　須臾も心異なること勿きを
西山日下　雨足稀なり
側らに浮雲の寄る所無き有り
但だ願わくは前者の言を忘るる莫かれ
剉骨黄塵　亦た愧づる無し
行路難し　君に酒を勧む　煩を辞する莫かれ
美酒千鍾　猶お尽くべし
心中片愧　何ぞ論ずべけん
一たび漢主の故剣を思うを聞けば
妾をして長嗟せしむ　万古の魂を

白居易「井底引銀瓶　止淫奔也」（一部）

井底引銀瓶　　井底　銀瓶を引く
銀瓶半上糸縄絶　　銀瓶半ば上りて糸縄絶ゆ

石上磨玉簪　　石上に玉簪を磨く
玉簪欲成中央折　　玉簪成らんと欲して中央より折る
瓶沈簪折其奈何　　瓶沈み簪折れて　其れ奈何せん
似妾如今与君別　　妾が如今　君と別るるに似たり

顧況（こきょう）「悲歌六首　其二」
新繋青糸百尺縄　　新たに繫く青の糸　百尺の縄
心在君家轆轤上　　心は君の家の轆轤の上に在り
我心皎潔君不知　　我が心皎潔（こうけつ）なるを君は知らず
轆轤一転一惆悵　　轆轤一たび転ずれば一たび惆悵（ちゅうちょう）たり

先程述べた、瓶を「魂の容れ物」とする観念を踏まえることで、これらの作品をより興味深く読み解くことができます。第五節二項で挙げた「酒箴」において「法度の士」張竦の不安定さが表現された瓶が、王昌齢「行路難」では、夫の心変わりによって婚家を去らなければならない女性に重ね合わせられています。泉の上高く轆轤にかけられた瓶は、まさに女性の「魂の容れ物」であり、夫の心次第でいつ奈落の底へと落とされるともしれない、女性の運命の危うさを暗示しているのです。

白居易「井底引銀瓶」もまた、瓶を女性の「魂の容れ物」とする観念を背景に作られたものといえるでしょう。「銀瓶半上糸縄絶」とあるように、瓶は地上に上がろうしたものの、頼りとする井戸縄が切れてしまいます。今朝男性と別れた女性は、井戸底に沈んだ瓶も同じなのです。また、六朝以降、詩歌で女性が挿していたかんざしが「落ちる」「壊れる」様子を詠った作品が見受けられます。それは単なる情景ではなく、男性の心変わりや不在、将来への不安を暗示しており、そのモチーフは唐代へと続いていきます。かんざしが美しく整えられる寸前に折れてしまうという「玉簪欲成中央折」という表現も、「銀瓶半上糸縄絶」と同じく、女性の運命の危うさを詠じているといえるでしょう（詳細は拙著第六章を参照）。

顧況「悲歌六首　其三」も同様に、男性の心変わりによる女性の悲しみを描く作品です。「新繋青糸」は、夫が新しい妻を迎えたことを暗示しています。この詩には「瓶」の語は見えませんが、心は轆轤の上に在り、轆轤が回転するにつれ女性の失意は深まると詠われていますから、王昌齢「行路難」や白居易「井底引銀瓶」と同じく、壺状の容器を「魂の容れ物」とする観念を背景にもつものでしょう。王昌齢「行路難」にも轆轤が描かれていることを考慮すれば、轆轤はいつ愛情を他に移すとも知れない「男性の心」を表していると考えられます。瓶は井戸縄に繋がっており、井戸縄が切れることで決定的な断絶へと導かれますが、縄以外にも瓶を操り井戸底へと沈める道具が轆轤なのです。「悲歌六首　其三」で追い出された妻は、なお夫を慕い、その心に翻弄されたことを思って悲しみを深めています。

瓶は直接詠われていませんが、それを翻弄するものとしての轆轤が描かれる作品は他にもあります。

陸亀蒙（りくきもう）「井上桐」

美人傷別離　　美人　別離を傷み
汲井長待暁　　井を汲みて長（とこし）えに暁（あかつき）を待つ
愁因轆轤転　　愁う　轆轤の転ずるに因り
驚起双棲鳥　　双棲（そうせい）の鳥を驚起せしむるを
独立傍銀牀　　独り立ちて銀牀に傍えば
碧桐風嫋嫋　　碧桐　風　嫋嫋（じょうじょう）たり

陸亀蒙「井上桐」は井戸を描く詩のひとつの型である「離れた地にいる恋人を思い、井戸の水を汲む人物を描いた」作品です。しかし、轆轤が詠われていることで、今までの歌とは異なる印象を与えます。「井上桐」では、轆轤が回転することによって、つがいで寄り添っていた鳥を驚かせてしまい、鳥は飛び立ってしまいます。先に挙げた王昌齢と顧況の詩の轆轤の用法によれば、「井上桐」の女性が悲嘆にくれているのは、恋人との別離に加え、その心が「転」ずる、つまり、変わってしまうかもしれない、という不安であると考えられます。井戸縄同様、轆轤も女性の将来を左右する道具として描かれているのです。

このような轆轤の象徴性は、詩以外のジャンルでも詠われています。詞の例を見てみましょう。

南唐中主李璟（りけい）「応天長」

一鉤初月臨妝鏡　一鉤の初月　妝鏡に臨み
蟬鬢鳳釵慵不整　蟬鬢（せんびん）鳳釵（ほうさ）慵（ものう）くして整えず
重簾静　層楼迴　重簾静かに　層楼　迴（はる）かに
惆悵落花風不定　惆悵（ちゅうちょう）す　落花に風定まらざるを

柳堤芳草径　　柳堤　芳草の径
夢断轆轤金井　　夢は断たる　轆轤金井のおとに
昨夜更闌酒醒　　昨夜　更闌けて酒醒め
春愁過却病　　春愁　病に過却たり

三日月のような眉を持った女性が、身だしなみを整えようとする気持ちすら起きない様子が冒頭に描かれます。かつて男性と歩いたのでしょう、夢の中で柳が立ち並ぶ堤と草香る小道を歩きますが、その夢は轆轤の音によって破られてしまいます。夢での楽しい一時が轆轤の音によって中断され、女性の愁いはより沈痛なものとなっていきます。また、牛嶠「菩薩蛮　其七」には、男性との逢瀬を楽しむ女性が、簾の外から聞こえた「轆轤声」にふと我にかえり、眉を顰めます。

牛嶠「菩薩蛮　其七」（一部）
玉楼冰簟鴛鴦錦　　玉楼　冰簟　鴛鴦の錦

粉融香汗流山枕　　粉は香れる汗に融け　山枕に流る
簾外轆轤声　　簾外　轆轤の声
斂眉含笑驚　　眉を斂め　笑(えみ)を含みて驚く

この二つの詞の女性は、恋人と過ごす楽しい時間を轆轤の声によって邪魔されていますね。轆轤の微かなきしりが、二人の時間に亀裂をもたらし、女性は愁いに沈むのです。轆轤が男性の心変わりを暗示するからこそ、「応天長」の女性は、恋人の心を失ったという現実に引き戻され、「菩薩蛮　其七」の女性は、この逢瀬が長くは続かないことを思い、眉を顰めるのです。

(二) 李賀「後園鑿井」について

轆轤を詠った作品の中でも特徴がある、李賀(りが)「後園鑿井」をご紹介したいと思います。

李賀「後園鑿井」
井上轆轤　牀上転　　井上の轆轤　牀上に転ずれば
水声繁　糸声浅　　水声繁く　糸声浅し

情若何　荀奉倩　　　　　　情は若何　荀奉倩（じゅんほうせん）
城頭日　長向城頭住　　　　城頭の日　長（とこし）えに城頭に住（とど）まれ
一日作千年　不須流下去　　一日を千年と作さん　須（もち）いず　流下して去るを

この作品では、井戸と轆轤を詠うとはいえ、（一）でご紹介した作品のように明らかな悲しみは詠われておらず、「瓶」も登場していません。しかし、先程ご紹介した、王昌齢「行路難」、顧況「悲歌六首　其三」、陸亀蒙「井上桐」において、轆轤の回転は女性の運命を左右するものでしたし、それは「瓶」に言及しない「悲歌六首　其三」と「井上桐」においても変わりませんでした。この「後園鑿井」も同じように、女性の「魂の容れ物」としての瓶の存在を前提とし、その瓶が轆轤に従って上下する悲しみを詠っていると思われます。

となると、第三句の「水声繁」は何を意味しているのでしょう。これに関連し、孟郊（もうこう）「列女操」を挙げたいと思います。

孟郊「列女操」

梧桐相待老　　　梧桐は相待ちて老い

鴛鴦会双死　鴛鴦は会（かなら）ず双（なら）んで死す
貞婦貴徇夫　貞婦は夫に徇（じゅん）ずるを貴ぶ
捨生亦如此　生を捨つるも亦た此（か）くの如し
波瀾誓不起　波瀾（はらん）　誓って起きず
妾心井中水　妾が心は井中の水

梧桐や鴛鴦が並んで死ぬのと同様、貞婦は夫に身を殉じて命を捨てるものです。しかし女性の心は波立たず、それはまるで井中の水のように平静だ、と詠われています。

水は本来動きを伴うものです。しかしこの作品の井戸の中の水は、節を守って動じない女性の心を表している点に注目したいと思います。第一節で挙げた『易』「井」巽下坎上にもあるように、井戸は動かないものであり、清廉さや徳、法、節度と結びつけられ、人々に恩恵をもたらすものと考えられていました。孟郊「列女操」もこの『易』が背景にあり、本来流動性のある水が波立たないことによって、節に殉じる女性の心を喩えたと思われます。『中国成語大辞典』（上海辞書出版社、一九八七年）によりますと、男女問わず心が動揺しないこと、特に寡婦が再婚を望まないことを「古井無波」といい、孟郊「列女操」などを出典として挙げていました。また、清・張心泰『粤遊小誌』「妓女」や、呉趼人『二十年目睹之怪現状』第五十七回には、男性が、妓女や寡婦を娶ることを「淘古井」と表現しています。一方、後漢・徐幹「室思詩」、李白「寄遠十二首　其六」（『全唐詩』巻百八十四）では、流れてやまない水によって、男性を思う女性の心が詠われています。「列女操」に詠われる井中に静かにとどまる水も、徐幹「室思詩」、李白「寄遠十二首　其六」にある流れる水も、どちらも女性の心を表しているのです。

　魂の依り代である瓶に汲み上げられ、本来は平静である井中の水が、轆轤の回転するにつれ、激しく波立ち、音を立てている。「後園鑿井」の「水声繁」の句には、男性を思う女性の心の激しさが表現されているのではないでしょうか。

　第四句の「糸声浅」に関連し、「情不浅」という語は、張祜「車遥遥」などで、相手を思う情が深いという意味で用いられています。また、ここでの「糸」は男性の「思」であり、水音が立ち、女性が男性を思う心は繁く激しいにもかかわらず、自分に対する男性の思いが深くないことを、「糸声浅」で表現していると思われます。「後園鑿井」は、今の幸福な状況が、轆轤の回転によっていつ何時壊れるかもしれないという不安が前半四句で詠まれ、この幸福がこれからも続いて欲しいという願いが後半に託されていると筆者は考えています。第六句に登場する荀奉倩という人物は、『世説新語』「惑溺篇」劉孝標注が引く『粲別伝』によれば一途な性格で、女性の容色に価値を見いだしていました。彼が亡くなった原因は、妻の病死による悲しみが深かったためとされますが、一方で、妻は美貌の持ち主だったからこそ、亡くなっても荀奉倩の愛情を受けられたともいえます。女性の容色に執着した人物であることを読み解くべきであり、「荀奉倩のようにあなたは容色を重んじるのではないか」という女性の不安が込められているのです（「後園鑿井」のより詳細な分析は、拙著第五章参照）。

なお、李賀は「後園鑿井」の他に「美人梳頭歌」でも「轆轤」を用いており、轆轤の音によって美人が目を覚ます様を詠っています。この点は先程挙げた詞の作品、李璟「応天長」、牛嶠「菩薩蛮　其七」と同様です。「美人梳頭歌」の大半は、美人の豊かな髪の描写に費やされ、轆轤の回転が男性の心変わりを暗示するか否かは定かではありません。しかし、末尾で化粧の成った美人は、「背人不語向何処、下階自折桜桃花（人に背いて語らず　何処にか向かう、階を下りて自ら折る　桜桃の花）」と描かれており、孤独を自ら受け入れるかのような厳しく颯爽とした姿は、他に類がありません。転ずる轆轤がもたらす悲しみを克服した女性像として構想されているのでしょう。李賀「後園鑿井」と「美人梳頭歌」は、轆轤と女性が共に描かれる唐詩の中では、悲哀の色が明らかでないという点で殆ど唯一の例外で、大変面白い作品といえます。

(三) 元稹「夢井」の独自性

これまでご紹介した詩歌では、小説における井戸を代表する「異界への通路としての井戸」は、詩歌には描かれていませんでした。詩と小説では、井戸のどこに注目するか、重きを置くところが異なっていたのです。

そのような中で、中唐の詩人元稹（げんしん）が制作した悼亡詩「夢井」は、文言小説で描かれる「境界としての井戸」の発想を用いて作られた珍しい作品です。悼亡詩とは、亡くなった妻を悼む詩のことです。

元稹は元和四年（八〇九）に亡くなった妻の韋叢を偲ぶ詩（悼亡詩）を三十三首製作しており、「夢井」は韋叢が亡くなった翌年の元和五年（八一〇）に詠まれたとされています。

夢上高高原　　夢に上（のぼ）る　高高の原
原上有深井　　原上　深井有り
登高意枯渇　　高きに登りて　枯渇を意（おも）い
願見深泉冷　　深泉の冷たきを見んと願う

徘徊遶井顧
自照泉中影
沈浮落井瓶
井上無懸綆
念此瓶欲沈
荒忙為求請
遍入原上村
村空犬仍猛
還来遶井哭
哭声通復哽
哽噎夢忽驚
覚来房舎静
灯焔碧朧朧
涙光凝冏冏
鍾声夜方半

徘徊し井を遶(めぐ)りて顧み
自ら照らす　泉中の影
沈浮す　井に落つるの瓶
井の上に懸綆(けんこう)無し
此の瓶の沈まんと欲するを念(おも)いて
荒忙　求請を為す
遍く原上の村に入るも
村空しくして犬　仍(しばしば)猛し
還(かえ)り来りて井を遶りて哭し
哭声　通りて復た哽(むせ)ぶ
哽噎(こうえつ)　夢忽ち驚め
覚め来れば房舎静かなり
灯焔は碧くして朧朧
涙光は凝りて冏冏(けいけい)
鍾声　夜方(まさ)に半ば

坐臥心難整
忽憶咸陽原
荒田万余頃
土厚壙亦深
埋魂在深埂
埂深安可越
魂通有時逞
今宵泉下人
化作瓶相警
感此涕汍瀾
汍瀾涕霑領
所傷覚夢間
便覚死生境
豈無同穴期
生期諒綿永

坐臥するも心整い難し
忽ち憶う　咸陽の原
荒田　万余頃
土厚くして壙(こう)亦た深く
魂を埋めて深埂に在り
埂深ければ安んぞ越ゆべき
魂通ずること時に逞(ほし)いままにする有り
今宵　泉下の人
化して瓶と作(な)りて相警(いまし)む
此に感じて涕　汍瀾(がんらん)
汍瀾として涕　領(えり)を霑(うるお)す
傷む所は覚夢の間
便ち覚ゆ　死生の境
豈に同穴の期無からんや
生期　諒(まこと)に綿永たり

又恐前後魂　　又恐る　前後の魂
安能両知省　　安んぞ能く両つながらに知省せんや
尋環意無極　　尋環するも意極まる無く
坐見天将昞　　坐して見る　天の将に昞んとするを
吟此夢井詩　　此の夢井の詩を吟ず
春朝好光景　　春朝の好き光景に

第一句「夢上高高原」から十六句「覚来房舎静」まで。夢の中で高い平原に上れば、頂きに井戸があった。高みに登って喉の渇きを覚え、深い井戸の底、冷たい水を見たいと願い、井戸の周囲をめぐります。めぐる行為には、死者の魂を呼び寄せる意味合いがあるとされています（拙著第三章参照）。ですから、男は図らずも妻の魂を呼び寄せてしまいます。井戸を覗き込むと、自らの影とともに、浮き沈みする瓶があるものの、何故か瓶を吊す縄は見あたりません。瓶が井戸の底深く沈もうとしているのだと思い至り、焦った私は、村を駆け回って助けを求めます。しかし、どこにも人の気配はなく、犬が吠えるだけ。男は井戸に戻り、死者を呼び戻す「魂呼ばい」をするかのように哭声をあげて、死者を悼んで井戸をめぐります。その声は井戸に響き、悲しみの余り息が詰まって、男は夢から覚めます。

第十七句「灯熖碧朧朧」から三十句「汍瀾涕霑領」まで。目を覚ました私は、この夢は何を意味するのかと「謎解き」を始めます。青白い灯火の光は、涙の跡をくっきりと照らし出す。鐘の音は夜半ばであることを告げ、身体を起こしても横たえても心は落ち着きません。そこで、ふと咸陽の平原に思いを巡らします。万余頃の荒田が広がり、土は厚く墓穴は深く、（亡くなった妻の）魂を深い穴の底に埋めたのだから、どうしてあの深さを越えられよう。しかし時に魂はほしいままに通ってくることがある。今宵黄泉の下にいる亡き人は、魂の依り代になり得る瓶に身をかえて私に告げたのだと。これに感じ入り、私の涙は止めどなく流れ、衿を潤していく。

第三十一句「所傷覚夢間」から最終句「春朝好光景」。つらいのは目覚めた後と夢に遊ぶ間の夢心地の時、その時生死の「境界」に気づくのだから。夫婦一緒に墓に入る時が来ないことはない。しかし、残された私が一人で生きる時間は本当に長い。さらに心配なのは、死後の世界で二人が出会っても、互いがわからないのではないかということ。あれこれ思いを巡らせても考えがまとまらず、身体を起こせば空が白々と明るくなっていた。私はこの夢井の詩を、春の朝の美しい光の中で吟じよう。

第十九句で「鍾声夜方半」であると述べることで、詩の中に現実の時間が流れ出し、ほの暗い灯火の下での思索を経て、最後はまさに明けようとする空で終わります。時間の経過を明らかにすることで、夢をめぐる省察に費やした時間の長さと、悲嘆の深さを浮き彫りにするという手法は、小説に近いものといえます。中国古典文献における「小説」の定義は我々にとってなじみ深い小説と同じではありませんが、ある人物の行為を時間の経過とともに描くことで事柄を語るという、現代的な意味での小説の手法は中国の史伝にもありました。先に挙げた『博異志』や『小説』もこの手法を用いていますし、自覚をもって虚構の物語を作り出したのが、唐代の小説です。「夢井」の作者元稹は、小説「鶯鶯伝」の作者でもあり、「夢井」にも、現代的な意味での小説の手法が用いられていると思われます。揚雄「酒箴」における瓶は黄泉の底へと落下し、詩歌において、井戸底に沈んでいく瓶は決定的な断絶をもたらすものとして描かれました。「夢井」の主人公の姿は、これらの作品の上に小説的描写を施したもので、「夢井」は井戸を通路とする小説的発想を用い、魂の寄り代となる瓶に託し、亡き妻にこの世へのつかの間の旅をさせました。これこそ、「夢井」の功績と言えるのです。

おわりに　日本における井戸

最後に、日本の井戸の描かれ方を少しみてみましょう。

古来、日本では、「井」字は井戸だけではなく、わき水や流水を堰き止め、汲むことができるものも含みました。弥生時代には井戸が出現しましたが、その頃は素堀の井戸のみでした。様々な形式の井戸枠が出始めるのは古墳時代後期になってからで、「藤原宮御井歌」(『万葉集』巻一・五二)で有名な藤原宮ができた七世紀には、積み上げ式井戸を作るだけの技術があったことが考古学の調査からわかっています(鐘方正樹『井戸の考古学』同成社、二〇〇三年)。

説話で多くみられるのが、神・徳や身分が高

図5　『扇面古写経下絵』(考古学会編、一九二〇年より転載)『扇面古写経』とは平安時代に作られた装飾経。ここに描かれているのは「掘抜井」「走井」と呼ばれ、水が自然とわき出るもの。

い人物によって井が開拓されるお話「開井説話」です。なかでも『常陸国風土記』では、天皇、特にヤマトタケルに関連するものがいくつか収められています（井口悦男「常陸国風土記にみられる井泉の記事に関連して二・三の考察」『史学』三十一巻一～四号、一九五八年。なお、以下、『風土記』は植垣節也校注・訳『風土記』（小学館、一九九七年）を用いた）。

或るひと曰へらく、倭武の天皇、東の夷の国を巡り狩はして、新治の県を幸過ましし に、国の造毗那良珠の命を遣はしたまひて、新たに井を掘らしめしに、流るる泉浄く澄み、尤好愛しかりき。時に、乗輿を停めて、水を翫で手を洗ひたまひしに、御衣の袖、泉に垂れて沾ぢぬ。すなはち袖を漬す義に依りて、この国の名と為す。（『常陸国風土記』総記）

〔大意〕ある説では、ヤマトタケルが東の蝦夷の国を巡航する際、新治の県に国造（比奈良珠の命）を遣わして新たな井を掘らせると、流れる泉が清らかで澄みわたり、大変美しかった。すばらしい水だとほめたヤマトタケルが手を洗うと袖が泉に垂れて濡れた。そこで袖をひたすという言葉からこの国の名前とした。

ヤマトタケルの命により、国造が井を掘り、それを天皇が言祝いでいますね。風土記以降も、行基や空海、日蓮などによる、同じような「開井説話」は日本全国に残っています。これらの話から、地名の由来や貴人の偉業を知るだけに留まらず、当時の人々が担った開発に伴う水確保の軌跡もたどることができます。

ところで、『播磨国風土記（はりまのくにふどき）』に、上記「開井説話」とは趣が異なる話があります。

> 条布の里。条布と号くる所以は、この村に井在り。一女、水を汲むに、すなはち吸はれて没みき。故れ、条布と曰号く（なづく）。
> （『播磨国風土記』賀毛郡）

条布の里が条布と名付けられた由来を述べており、その村にある井戸に水を汲みに来たある女性が、井戸に吸われて沈んでいった、だから「条布（すふ）」と言うのだ、と述べています。井戸に「吸われた」とは尋常ではありません。何故女性が井戸に「吸われた」のかははっきりしませんが、単なる事故であればこのような形で伝わることはないでしょうから、何かしらの事件が起き、井戸に「吸われた」と見るべきでしょう。少なくともこの井戸が女性を死へと導くものであったのは確かです。

『播磨国風土記』のこの一節は、中国の小説に描かれるような、この世とあの世の通路、死、異界へと導く井戸に通じるものがあります。そして平安時代後期の説話集『今昔物語集』になると、よりはっきりした描写が見受けられます（馬淵和夫他校注・訳『今昔物語集』（小学館、二〇〇〇～二〇〇二年）を用いた）。

　今昔、世ニ白井ノ君ト云フ僧有キ。此ノ近クゾ失ニシ。其レ、本ハ高辻東ノ洞院ニ住シカドモ、後ニモ烏丸ヨリハ東、六角ヨリハ北ニ烏丸面ニ六角堂ノ後合セニゾ住シ。其ノ房ニ井ヲ堀ケルニ、土ヲ投上タリケル音ノ、石ニ障テ金ノ様ニ聞エケルヲ聞付テ、白井ノ君此レヲ怪ムデ寄テ見ケレバ、銀ノ鋺ニテ有ケルヲ、取テ置テケリ。其ノ後ニ異銀ナド加ヘテ小ヤカナル提ニ打セテゾ持タリケル。

　而ル間、備後ノ守藤原ノ良貞ト云フ人ニ、此ノ白井ノ君ハ事ノ縁有テ親カリシ者ニテ、其ノ備後ノ守ノ娘共、彼ノ白井ガ房ニ行テ、髪洗ヒ湯浴ケル日、其ノ備後ノ守ノ半物ノ、此ノ銀ノ提ヲ持テ、彼ノ鋺掘出シタル井ニ行テ、其ノ提ヲ井ノ筒ニ居ヘテ、水汲ム女ニ水ヲ入サセケル程ニ、取（ハズ・校注による。筆者注）シテ此ノ提ヲ井ニ落シ入レテケリ。其ノ落シ入ルヲバヤガテ白井ノ君モ見ケレバ、即チ人ヲ呼テ、「彼レ取上ヨ」ト云テ、井ニ下シテ見セケルニ、現ニ見エザリケレバ、「沈ニケルナメリ」ト思テ、人ヲ数井ニ下シテ捜セケルニ無カリケレバ、驚キ怪ムデ、忽ニ人ヲ集メテ、水ヲ汲干シテ見ケレドモ無シ。遂ニ失畢ニケリ。

此レヲ人ノ云ヒケルハ、「本ノ鋺ノ主ノ霊ニテ、取返シテケルナメリ」トゾ云ケル。然レバ、由無キ鋺ヲ見付テ、異銀サヘヲ加ヘテ被取ニケル事コソ損ナレ。

此レヲ思フニ、定メテ霊ノ取返シタルト思フガ極テ怖シキ也。此ナム語リ伝ヘタルトヤ。

（『今昔物語集』巻二十七「白井君銀提入井被取語第二十八」）

〔大意〕今は昔、白井の君と呼ばれる僧侶がいた。ある時、僧房に井戸を掘り、土を投げ上げると、石に当たったような音がし、何かの金属のように聞こえた。白井の君はいぶかしんで近づいてみると銀椀であったので、取りのけておき、その後別の銀を加えて小さなひさげを作らせて持っていた。ある日、白井の君と親しくしていた藤原良貞の下女が、この銀のひさげを持ち出し、掘り出した井戸に行った。ひさげを井げたに置いて、水くみ女に水を入れさせているうち、ひさげを井戸の中に落としてしまった。ちょうど落としたところをみていた白井の君は、すぐさま「引き上げろ」と言い、井戸に降ろして見つけさせたがどこにも見えない。井戸底に沈んでしまったのではと、多くの人を井戸に入れて探らせたものの、どうしても見つからず、井戸水をくみ干して探したが、結局見つからなかった。

人々は、「もともとの銀椀の持ち主が霊となって取り返したのだろう」と言い合った。つまらぬ椀をみつけ、別の銀を加えて捕られるとは、損をしたものである。これはきっと霊が取り返したのだとすると実に恐ろしいことだ。こう語り継いでいるという。

今昔、播磨ノ国、賀古ノ郡、蜂目ノ郷ニ、増祐ト云フ僧有ケリ。幼シテ出家シテ、本国ヲ去テ京ニ入テ、如意寺ト云フ所ニ住シテ、仏道ヲ修行シテ、仏ヲ念ジ経ヲ読テ、更ニ他ノ事無シ。

而ル間、天延四年ト云フ年ノ正月ノ比、増祐身ニ小瘡ノ病有テ、飲食スル事例ニ不似ズ。其ノ時ニ、傍人ノ夢ニ、此ノ寺ノ中ニ、西ノ方ニ一ノ井有リ。其ノ辺ニ三ノ車有リ。人此ヲ見テ問テ云ク、「此レ、何」。ソノ車ニ付タル人答テ云ク、「此ク車ハ、増祐聖人ヲ迎ヘムガ為ニ来レル所ノ車也」ト云フ、ト見テ、夢覚ヌ。其ノ後、程ヲ経テ、亦夢ニ、彼ノ前ニ夢ニ見シ車、初ハ井ノ下ニ有リシニ、此ノ度ハ、増祐聖人ノ房ノ前ニ有リ、ト見テ、夢覚テ後、増祐聖人ニ此ノ事ヲ告ケリ。

而ル間、其ノ月ノ晦ニ成テ、増祐弟子ヲ呼テ語テ云ク、「我レ、既ニ死ナムト為ル事近ク来レリ。早ク葬ノ具ヲ可儲シ」ト。弟子此レヲ聞テ、驚キ怪シム間ニ、寺ノ僧等此ノ事ヲ聞テ、増祐ガ房ニ皆集リ来テ、智恵有ル者ハ、相共ニ法文ノ義理ヲ談ジテ令聞メ、亦、世間ノ無常ナル事ヲ語テ令聞ム。増祐此レヲ聞テ、弥ヨ道心ヲ発ス。

而ル間ニ遂ニ増祐命終ラムト為ル時ニ臨テ、弟子ノ僧有テ、其ノ寺ヲ五六町許去テ、一ノ大キナル穴ヲ掘テ増祐ガ葬ノ所トス。然レバ、増祐其ノ所ニ至テ、穴ノ中ニ入テ念仏ヲ唱ヘテ失ニケリ。此ノ時ニ、其ノ寺ノ南ノ方ニ、人多ク音ヲ挙テ念仏ヲ唱フ。寺ノ人此ヲ聞テ、驚キ怪ムデ尋ネ見ルニ、念仏ヲ唱フル人無カリケリ。亦、人ニ問フニ、「然ル事無シ」ト答ヘケリ。然レバ、此レ増祐ガ死ヌル時ニ当レリ。此レヲ思フニ、化人ノ所作ト知テ、寺ノ人皆貴ビケリ、トナム語リ伝ヘタルトヤ。

（『今昔物語集』巻十五「如意寺僧増祐往生語第十八」）

〔大意〕播磨国の出身の僧、増祐は、京の如意寺で、熱心に修行に励んでいた。天延四年、増祐の身体にでき物ができてしまった。近くの人がある夢を見た。寺の西の方に井戸があり、そのわきに三台の車が止まっている。一人の人が「これはどういう車ですか」とたずねると、車に付き添っている人が「この車は増祐聖人を迎えるために来た車です」とのこと。そして夢から覚めた。その後だいぶたってからまた夢を見たが、井戸わきにあった車が、今度は増祐の僧坊の前にある。その夢から覚めた後、増祐聖人にそのことを話した。自分の死期のせまったことを知った増祐は、弟子に命じて穴をほらせて入り念仏をとなえながら息絶えた。

白井君の話では、ひさげに変えてしまった銀椀を井戸底の持ち主（井戸神ないし幽鬼でしょうか）が取り返したとあります。また、増祐の話で登場する井戸端の車は、井戸底から続く黄泉に増祐聖人を導くための乗り物でしょう。夢の中で、井戸を通路にして登場した車が次第に増祐聖人の住まいに近づくとの描写は、少しずつ、確実に増祐聖人の死が近づきつつあることを読者に感じさせます。

説話集に描かれる異世界や黄泉へと続くとされる井戸は、現在、日本の様々な場所に残っています。中でも、京都にある六道珍皇寺にある井戸が有名です。ご住職の坂井田良宏老師によると、平安時代初期の官僚だった小野篁（おののたかむら）は、昼間は朝廷に出仕し、夜は六道珍皇寺の本堂の庭にある冥府の出入り口「小野篁冥途通いの井戸」を通って地獄に行き、閻魔庁で働いていたそうです。二〇一一年には、小野篁が地獄から帰るのに使われたとされる「黄泉がえりの井戸」が、六道珍皇寺内にある竹林大明神の祠のそばから発見されました（嵯峨野にあった福生寺の井戸を使って帰ってきたとする説もあるそうです）。「小野篁冥途通いの井戸」「黄泉がえりの井戸」は原則非公開ですが、年に数回開催される特別寺宝展の折に拝観できます。また、八月七日から十日までの「六道まいり」期間中には、精霊（御魂）を迎えるための多くの参拝者で賑わいます。当日は、参道に並んだ花屋で高野槙（こうやまき）を買い、本堂前にて水塔婆（みずとうば）に戒名を書き、お迎え鐘を撞くといった、古式にのっとる行事が行われます。坂井田老師によると、精霊が槙の葉に乗って冥土からやって来るものと信じられていました。井戸の底が地獄に通じるとの考えにもとづいて、

図６　二〇一七年二月の六道珍皇寺特別拝観の折に公開されていた「小野篁冥途通いの井戸」。筆者撮影。

昔はその樒の小枝をお盆まで家の井戸にも吊り下げておきました。そうすれば、先祖の精霊は樒を媒介に、井戸を通って必ずお盆の里帰りをされると信じたからだそうです（小野篁も境内に自生していた高野槙の小枝を伝って地獄に降りたといわれています）。近年は井戸を持つ家庭が少なくなったことにより、現代人の意識から地獄の観念も薄らいだといえそうだ、とのお話でした。

では、詩歌で井戸はどのように詠われているでしょうか。以下、『万葉集』における「井」をご紹介します。

『万葉集』には「井」が詠われた作品が多くあります。本節冒頭で言及した五二番歌「藤原宮御井歌」（巻一）は、藤原宮の中央に開かれた御井を通して新都の完成を祝い、繁栄を願った作品です。風土記同様、地名の由来となる「井」が登場することも少なくありません。この他、「井」に男女の情愛を重ねる作品が見受けられます。いくつか例を挙げてみましょう（以下『万葉集』は、小島憲之他校注・訳『万葉集』（小学館、一九九四〜一九九六年）を用いた）。

落ち激つ　走井水の　清くあれば　おきては我は　行きかてぬかも

一一二七番歌（巻七）

あしびなす　栄えし君が　掘りし井の　石井の水は　飲めど飽かぬかも

一一二八番歌（巻七）

三栗の　那賀に向かへる　曝井の　絶えず通はむ　そこに妻もが

一七四五番歌（巻九）

葛飾の　真間の井を見れば　立ち平し　水汲ましける　手児名し思ほゆ

一八〇八番歌（巻九）

第六節第二項で述べたように、中国の詩歌では、井戸の中にとどまる水も、流れる水も、どちらも女性の心を表していました。日本でも、滝や川といった水の流れが、男女の止められない情愛を表象するものだったといいます（渡辺秀夫『詩歌の森　日本語のイメージ』「滝」（大修館書店、一九九五年））。一一二七番歌（巻七）の「落ち激つ　走井水」と一七四五番歌（巻九）「曝井」は、流れの激しさと思いの深さを重ねており、この意識にもとづくものでしょう。一一二八番歌（巻七）は、「掘りし井の」とありますから、わき水ではなく掘り井戸の水です。わき出す井戸水を飲んでも飲んでもまだ飽きないとの表現に、愛情の深さを重ねています。

一八〇八番歌（巻九）に登場する手児名（てごな）は、伝説にもなっている「真間の手児名」です。真間の手児名という女性は、貧しい家の出ながら美しく愛嬌があったため大勢の男性から求婚されます。困惑した彼女は自殺してしまったという伝説のこと。この作品は『万葉集』編者によって「挽歌」に分類されており、死者への追慕の題材として「井」が詠い込まれていることがわかります。女性が井戸仕事を担うことが多かったため、「井」をみて、亡き人の在りし日の姿を思い起こしたのでしょう。

このような作品のなか、注目したいのが、「吉野宮に幸せる時に、弓削皇子、額田王に贈り与ふる歌一首」

古に　恋ふる鳥かも　ゆづるはの　御井の上より　鳴き渡り行く　一一一番歌（巻二）

です。ここで詠われる「ゆづるはの御井」は、どのような意味を担っているのでしょうか。中西進氏は「吉野の聖泉があったろう」と注をつけています（『万葉集』講談社、一九八四年）。また身﨑壽氏は、中西氏の指摘などを踏まえ、「吉野の地の「聖井」については記紀や『新撰姓氏録』に著名な伝承があり、山田『講義』（山田孝雄『万葉集講義』を指す：筆者注）なども指摘する聖水と聖木とのとりあわせ、さらにそれと「鳥」とのむすびつきから、「招魂（たまよばひ）」ないしは「復活（よみがへり）」といった呪的な発想がかかわっているのではないか、そしてそれが具体的にこのうたでは、天武追慕のモチーフにむすびついてとりこまれたものなのではないか、とも想像される」とします（身﨑壽『額田王――万葉歌人の誕生――』塙書房、一九九八年）。このほか、毛利美穂氏は、波照間島の民俗調査において神（＝先祖）との出会いの場の象徴として井戸が認識されていること、そして、平安初期に記された説話集『日本霊異記』上巻「嬰児の鷲に擒はれて他の国にして父に逢うこと得し縁　第九」で描かれる、井戸端で起こる不思議な縁を根拠に、『万葉集』一一一番歌（巻二）の解釈を行っています。

毛利氏が挙げる『日本霊異記』の該当箇所をみてみましょう（中田祝夫校注『日本霊異記』（小学館、一九九五年）を用いた）。

飛鳥の川原の板葺ノ宮に宇御めたまひし天皇のみ世の癸卯の年の春の三月の頃に、但馬国七美郡の山里の人の家に、嬰児の女有りき。中庭に匍匐フときに、鷲擒り騰リテ、東を指して翥リイヌ。父母、懇ビテ、惻ミ哭き悲しび、追ひ求むれども、到る所を知らず。故に為に福を修せり。八箇年逕て、難破の長柄の豊前の宮に、宇御めたまひし天皇のみ世の庚戌の年の秋の八月の下旬に、鷲に子を擒らえし父、縁の事有りて丹波の後の国加作郡の部内に至り、他の家に宿りき。其の家の童女、水を汲みに井に趣く。宿れる人、足を洗はむとして副ひ往きて見る。亦、村の童女も、井に集りて水を汲まぬとして、家の童女の井ヲ奪フ。惜みて奪はしめず。其の村の童女ら、皆心を同じくして凌ギ蔑リテ曰はく、「汝、鷲の噉ひ残し、何の故ぞ、礼无き」といひて、罵リ圧ヒて打ちき。拍タレテ哭きて帰りぬ。家主待ちて、「汝、何の故にか哭く」と問へば、宿れる人見しが如くに、具に事を陳ぶ。即ち、彼の拍ち罵りて、鷲の噉ひ残しと曰へる所以を問ふ。家主答へて言はく、「其れの年の其れの月日の時に、余、鳩を捕らむとして登りて居しに、鷲、嬰児を擒り、西の方より来り、巣ニ落して鶵ニ養ひき。嬰児、慓り啼く。彼の鶵望て、驚き恐りて啄マズ。余、啼く音を聞きて、巣より取り下し育てし女子、是れなり」といふ。擒られし年の月日の時は、挍ふるに今の語に当りぬ。明かに我が児なりけりと知りぬ。尓に父、悲しび哭きて、具に鷲の擒りし事を告げ知らせぬ。主の人、実なりと知り、語に応へて許しつ。噫乎、彼の父、邂逅ニ児有る家に次り、遂に是を得たり。誠に知る。天の哀ひて資くる所、父子は深き縁なりけりといふことを。是れ奇異しき事なり。

〔大意〕但馬国の山里に住んでいた女の赤ん坊が、中庭をはっていたところ、ワシが攫って飛んでいってしまった。父母は泣いて追いかけ行方を追ったが見つけられず、その子の供養をして冥福を祈った。八年後、父親が丹波国に出かけ、ある家に宿泊したところ、そこの家の召使いの女の子が水を汲みに行った。父親も足を洗おうと井戸に行くと、村の娘達が、井戸に集まり水を汲もうとして、召使いの女の子の釣瓶を奪い取ろうとする。女の子は取られまいと反抗すると、娘達は口をそろえて「お前はワシの食い残し。どうしてそんなに礼しらずのことをするのだ」と悪口を言って女の子を叩いたので、女の子は泣きながら帰宅した。家の主人が「どうして泣いているのか」と尋ねたので、様子を見ていた父親がいきさつを話し、「何故、ワシの食い残しなどと悪口を言うのか」と聞いた。すると主人は「ある年に、ハトを捕まえようとすると、ワシが赤ん坊を攫って西から飛んできて、雛の餌にしようとしたのです。赤ん坊が怯えて泣いたので、ワシは恐がり、ついばもうとしませんでした。そこで巣から降ろして育てたのです」と説明した。主人がいう年月日は子供が攫われた日とぴったり合うことから、女の子は我が子であるとわかった父親は涙ながらに攫われた時の状況を話した。父親の申し出に応じて、主人は女の子を返した。

子供が鷲に攫われてしまった父親が、滞在先でそこの家の召使いの女の子が水を汲みに行くのを見ます。その後、この童女が自分の娘であると知り、無事に再会を果たした、というお話です。この「鷲に子供が攫われる」話は世界各地で見られるモチーフで、南方熊楠を始め、数多くの研究者によって検討されました。中でも島明氏は「次に斯うした異常の子が発見されるのも、この昔話の型通り水辺であったといふのも重大な要素であった」と述べ、神との出会いの場として設定されているとの説を提唱しています（「良弁杉覚書」（『国学院雑誌』第六十五巻第五号、一九六四年））。毛利氏は、「井戸が先祖（自分のルーツ）との出会いを示すものとみるならば……『御井』は『吉野の宮の用水となった名水』をたたえる井戸を、『鳥』は懐古の鳥であるほととぎすを示し、弓弦葉が、親子など新旧の交代を象徴し、大嘗祭の際の神料としても供えられている神の依り代であることをふまえると、この井戸のそばで弓削皇子と亡き父・天武天皇の出会いが行われていたとみることができる」としています（「井戸の神話的意義」（『東アジア比較文化研究』第十四号、二〇一五年））。

第五節・第六節で、前漢揚雄「酒箴」や、壺状の容器には魂の依り代としての機能があるとする先行研究を踏まえ、瓶に魂の依り代としての機能があることを述べました。そしてこの瓶の機能にもとづいて中唐の詩人元稹が制作した「夢井」を分析し、この詩が中国古典詩に普遍的な井戸像（「故宅に残された井戸」「離れた地にいる恋人を思い水を汲む井戸」「女性の悲哀」）を取り入れず、むしろ文言小説で描かれる「境界としての井戸」の発想をもとに作られた作品であり、元稹が小説を書く人物だったことも、小説的井戸を詠い込んだ背景として考えられると指摘しました。日本では説話集で黄泉や異世界に通じる「井」が描かれましたが、『万葉集』一一一番歌以外の『万葉集』の作品では「井」から黄泉を想起させる作品は見受けられませんでした。しかし、『万葉集』一五八番歌（巻二）「山吹の　立ちよそいたる　山清水　汲みに行かめど道の知らなく」に詠われる黄色の「山吹」を「黄」、「清水」を「泉」に重ね、「黄泉」を暗示するという渡辺秀夫氏の説もあります。『万葉集』一一一番歌において、あの世にいる先帝への追慕、招魂を連想させる場所として「井」が認識されていたならば興味深いことで、「夢井」と同じく特色をもった作品といえるでしょう。このような「井」が、詩歌で引き継がれたのかをみていくことで、『万葉集』一一一番歌がより重要な作品としてとらえるべきものとなるでしょう。

以上、中国・日本の文学で描かれる井戸について概観しました。今回紹介した以外にも、井戸を描いた作品は中国に沢山ありますし、日本でもこの文章では触れられなかった「天真名井」伝説などの記紀の描写や『万葉集』以後の井戸を詠じた作品なども見逃せません。汲んでも汲んでも井戸の底はしれませんが、今回はここまでにしたいと思います。

コラム④「継子と井戸」と「井戸の中の男」

日本全国に伝わっている民話「継子と井戸」は、大きく分けて二種類あります。ひとつのパターンでは、井戸は異界に通じる通路となっています。もうひとつは、井戸かえの日に井戸に落とされた継子が難を逃れる、もしくは、皿を井戸に落とした継子が皿を探しに井戸に入り、そこにいた婆の肩や腰をもんでやって土産をもらって帰ってくるというものです。同様のお話は日本以外の国でも確認されています（グリム童話「ホレおばさん」）。なお、中国には、伝説の皇帝である舜を家族達が井戸に埋めて殺そうとするものの、抜け穴によって助かるというお話があり、これと似た話として「継子と井戸」が日本にも残っています。こちらは、継母に井戸さらいをするように騙されて井戸に降りた男の子が継母に岩を落とされて殺されかけてしまいますが、知り合いの機転で、男の子は助かります。その後、男の子は家出をし成長して出世するという話です（関敬吾『日本昔話大成』（角川書店、一九七八年）第五巻、二二〇B「継子と井戸」が参考になります）。

この他、インドを起点に、ヨーロッパ、中国、韓国、日本へ広く伝播したお話「井戸の中の男」（別名「月のねずみ」）でも、井戸が黄泉へと続く通路として登場します。猛獣に追われた男が井戸に逃げ込み、木にしがみついて隠れます。井戸の周囲に蛇や竜が待ち構え、木をねずみが囓ろうとするという、世の無常や人間の危機に置かれた人の姿を描きます。小峯和明「その後の「月のねずみ」考」(『アジア遊学』七九、二〇〇五年)を始めとした一連の論著や、杉田英明「中東世界における「二鼠譬喩譚」――仏教説話の西方伝播――」(『比較文学研究』第八十九号、二〇〇七年)が参考になります。

コラム⑤　李白「長干行二首　其一」と、『伊勢物語』二三段「筒井筒」――「牀」の解釈――

唐代までの詩歌において井戸をめぐることが詠われたものは元稹「夢井」だけですが、「牀」をめぐる「逶牀」という語を使った作品は十首程あります。そのひとつが李白「長干行二首　其一」です。中でも第四句「逶牀弄青梅」に詠われる「牀」については、ベッドや井げたなど、日中で様々な解釈が提起されています。日本では「牀」を井げたと解釈する説が多く、その理由のひとつとして、『伊勢物語』二三段「筒井筒」の存在がありまず。「筒井筒」では、井のもとで遊んでいた幼なじみが結婚し、夫の遠行を妻が案じる姿が描かれており、「長干行二首　其一」の内容と大変似ていることによるでしょう。しかし筆者は、「長干行」の「牀」は井げたではなく、ベッド・几案の類であり、几案であるならば、二人が几案をベッドに見立てていると考えています。何故ならば、詩歌で「牀」が井げたを表す場合、井戸を表す語句と一緒に詠われているためです。「長干行」の「牀」が井げたであるとすれば、中国古典詩における通常の用法からかけ離れたものといわざるを得ません。『伊勢物語』の作者が「長干行」の存在を把握し、「遶牀」の「牀」を井牀と間違って解釈して『伊勢物語』に反映させた可能性は皆無であると断言できませんが、「筒井筒故事」の存在が「牀」の解釈を確定するものにはならないと考えています。拙著第四章を参照して下さい。

図７　伊勢物語第二三段「筒井筒」（鉄心斎文庫所蔵伊勢物語図録第一九集、『日本古典籍データセット』（国文研等所蔵）より転載）

※　本稿は、拙著『中国古典文学に描かれた厠・井戸・簪――民俗学的視点に基づく考察』（勉誠出版、二〇二〇年）の一部を取り出して、一般向けに書き直したものです（なお、本稿提出に際し井戸神や日本文学における井などを新たに加筆したのですが、拙著が本書より先に出版されたため、拙著による形に変更しました）。

本稿は、JSPS科研費「17K13433」「20H01301」の助成を受けたものです。

参考文献

呉裕成『中国的井文化』（天津人民出版社、二〇〇二年）
永藤靖「『播磨国風土記』の「墓」と「井泉」」（『古代学研究所紀要』二〇、二〇一四年）
山本節『異怪と境界――形態・象徴・文化――』（上巻、岩田書院、二〇一一年）

第四章　『金瓶梅』宋恵蓮故事を読む

田中智行

はじめに

『金瓶梅』は、いまから約四百年前、明の万暦四十五年（一六一七）に初めて出版された小説です。出版されるまで、数十年にわたって写本で流通していたことがわかっていますが、誰によっていつごろ書かれた作品であるのかには、定説がありません。

当今、日本や中国の書店で売られている『金瓶梅』には、だいたい「笑笑生作」と書いてあります。これは『金瓶梅』につけられた序文のひとつを根拠としています。その序文を書いた欣欣子と名乗る人物は、自らの友人である「蘭陵の笑笑生」が作者だと述べているのです。

とはいえ、欣欣子が誰なのかはやはりわからないのですし、ましてや笑笑生の正体について、欣欣子はほのめかしてもいないのですから、実質的に作者不明の小説であることに変わりはありません（ふたりを同一人物とみる説もあります）。執筆年代については、作中に出てくる人物名や、引用される先行文学作品などからみて、嘉靖年間（一五二二〜一五六六年）後期よりさかのぼらないことはたしかですが、それ以降『金瓶梅』の流通が文献上はじめて確認される万暦二十年（一五九二）頃までのどの時点で書かれたのかは、これまた議論の分かれるところです。

『金瓶梅』は『水滸伝』の話の枠組みを借り、その脇役の生活を存分に描いたもので、いまふうにいえば『水滸伝』のスピンオフ作品です。

『水滸伝』で大活躍する豪傑の武松には、炊餅を売っている武大という兄がいます。炊餅というのは、捏ねて発酵させた小麦粉に味をつけて蒸したものです。この武大は、弟とは似ても似つかぬ、いくじのない男。からだのつくりもお粗末なら顔もしょぼくれていて、まるで風采が上がりません。そんな武大が、絶世の美女である潘金蓮を妻としています。なぜそんなことになったかといえば——潘金蓮はもともと、武大が間借りしていたある富裕な老人の家の女中でしたが、老人が潘金蓮に手をつけたのを知った老妻に嫉まれ、家から出されることになりました。老人は、おもてむき武大にこの女を嫁がせておいて密会を続けますが、とつぜん腎虚で死んでしまいます。のこされた老妻によってふたりは追い出され、現在にいたる——というわけです。

潘金蓮はみすぼらしい夫をきらいぬき、自らの境遇を嘆く日々。そんなところへ、景陽岡(けいようこう)で人食い虎を退治した功績によって、都頭(ととう)という役職を与えられたばかりの武松がやってきます。潘金蓮はこの義理の弟にひとめ惚れ。生活の世話をしますから兄弟で同居なさいと仕向け、武大の留守中をねらって誘惑しますが、はねつけられてしまいます。

さて、武松はお役目で、数か月のあいだ兄夫婦の住む町を離れることになります。そこにあらわれたのが西門慶(せいもんけい)という男。薬屋を経営する金持ちの遊び人で、おまけに美男子です。たまたま通りかかった武大の家の前で、潘金蓮が簾(すだれ)をはずす掛け竿を誤ってぶつけたことからあいさつを交わすと、この男の頭はもう潘金蓮のことでいっぱい。武大の家のとなりに住む王婆さんを買収し、授けられた計略にしたがって潘金蓮と男女の仲になります。武大が行商に出かけている昼間、王婆さんの家で逢瀬を重ねるふたり。これを知らされた武大は、密会の現場へ踏みこみますが、西門慶に蹴りを当てられ、逆に深傷(ふかで)を負ってしまいます。ろくに看病もしてくれぬ妻に、不在中の弟の名を持ち出して説得を試みた武大は、武松による復讐をおそれた金蓮により、薬といつわって毒を盛られ、あえなくあの世へ。金蓮は夫が病死したと偽り、誰はばかることもなく西門慶と関係をつづけます。

このあと『水滸伝』では、かえってきた武松が真相を見やぶり、ふたりを血祭りにあげて仇をとることになります。ところが『金瓶梅』では、潘金蓮はすでに西門慶の家に輿入れした後とてなにごともなし。『水滸伝』では酒楼の二階から投げ落とされる運命だった西門慶も、いっしょに飲んでいた小役人を尻目に、いちはやく窓から逃げ出して命びろいします。残された小役人を腹立ちまぎれに殺害した武松が流刑となる一方、作品の中心は西門慶の家庭生活、社会生活へと移っていくのです。

この章でとりあげる宋恵蓮の物語は、全百回のうち第二十二回から第二十六回までに配当されています。

『金瓶梅』はおおまかにいって、はじめの二十回で西門慶の家に主要人物があつまり、第七十九回で西門慶が死んだあと、おわりの二十回で残された一家の離散が描かれるという、左右対称の台形のような構成になっています。宋恵蓮の物語は、役者がそろった直後に位置しているわけです。

舞台となるのは武松の事件から二年後の西門慶の家。西門慶には正妻の呉月娘、第五夫人となった潘金蓮、その後から家に入った第六夫人の李瓶児ら、つごう六人の夫人がいます。このほか西門慶は下女にも手をつけることがあり、なかでも潘金蓮づきの春梅(しゅんばい)は、やがて物語の中心人物のひとりとなっていきます。『金瓶梅』という小説の題名は、潘金蓮、李瓶児、春梅の名から取られたものなのです。

宋恵蓮も、そんな下女のひとりです。夫とともに西門慶の家に仕えていた宋恵蓮ですが、夫が用事で遠方にやられているあいだに、一家の主たる西門慶と道ならぬ仲になります。ちやほやされて有頂天となった宋恵蓮ですが、かえってきた夫がふたりの仲に感づいたことから、やがて悲惨な結末を迎えます。――あらすじにしてしまえばたったこれだけの話を、作者は豊富なディテールで肉付けし、読みごたえのある悲劇に仕立てています。あらすじで作品がわからないのは当たり前のことですが、『金瓶梅』はその要約不能性がはなはだしい例のひとつでしょう。作品のいわば現場に立たなければわからぬそのおもしろさの一端を、これから宋恵蓮の物語を読み進めつつ、ご紹介したいと思います。

読み進めるに際して、積極的に利用していこうと思うのが、作品本文につけられた明代や清代の批評です。このころ出版された小説の題名には、「〇〇先生批評×××」という体裁のものが見られますが、そういう本を手に取ってみると、小説の本文とあわせて、欄外や文中に小さな文字が刷り込まれています。これが批評です。また、本文のわきに読みどころを丸や点で示してあるのを圏点といいます。両者をあわせた評点という言葉もあります（第五章二節二項参照）。

『金瓶梅』の場合、はじめに出た『新刻金瓶梅詞話』（詞話本、一六一七年）には本文だけが刷られていますが、明末の崇禎年間（一六二八〜一六四四年）の出版かと推定される『新刻繡像批評金瓶梅』（崇禎本）には簡単な批評がついています。さらに、清代に入ってから張竹坡（一六七〇〜一六九八年）が出した『皐鶴堂批評第一奇書金瓶梅』（張竹坡本）では、本文に付随する批評のほかに、巻頭や各回冒頭にも独立した総論がおかれ、丹念な読解が施されています。白話小説の批評史における大立者として、『水滸伝』に詳細かつ大量の批評を施した金聖歎（一六〇八〜一六六一年）という人がいますが（図1）、張竹坡の批評には金聖歎の影響が明らかです。

婦人勾搭武二作一篇文字讀

第五才子書 說風情

不止次日武松清早出去縣裏畫卯直到日中未
歸武大被這婦人趕出去做買賣（紀倒○先已清宮除道矣）央
及間壁王婆（又倒插出王婆）買下些酒肉之類去武松房
裏簇了一盆炭火（火盆先處出現）心裏自想道我今日着
實撩鬪他一撩鬪不信他不動情那婦人獨自一
箇冷冷清清立在簾兒下等着（簾子三）只見武松踏
着那亂瓊碎玉歸來那婦人揭起簾子（簾子四）陪着
笑臉迎接道叔叔寒冷（叔叔二十七）武松道感謝嫂嫂

図1　金聖歎が批評を施した『水滸伝』（『第五才子書施耐庵水滸伝』）

こうした批評の着眼点は、いまの一般的な小説批評とはずいぶん異なっていて、「そこをそんなふうに読むのか」と驚かされることがあります。そもそも当時においても、ふつうの読者とは違う読み方を提示できたからこそ、本文と一緒に刷り込まれるだけの商品価値を有していたという側面もあるのでしょう。本章ではそのような批評を、たんに「当時こんな読み方をする人もいました」と客観的に紹介するにとどまらず、作品を読んでいくうえでのヒントとして積極的に参照してみたいと思っています。

一、くりかえされる物語

宋恵蓮は、西門慶の腹心の使用人である来旺（らいおう）の妻です。もともとある役人の家で部屋仕えをしていましたが、そこで失敗をして家を追われ、西門慶の家に出入りする料理人・蒋聡（しょうそう）の妻となりました。来旺は蒋聡を呼びに家まで行ったおりに見かけたこの女に誘いをかけ、あっさりものにしてしまいます。はからずもその後、蒋聡は刃傷沙汰（にんじょうざた）に巻きこまれ殺されてしまいます。宋恵蓮は来旺を通じて西門慶に頼み、下手人を捕らえるよう役人に話をつけてもらいました。その後、妻を病気で亡くした来旺はこの女を娶（めと）り、今では夫婦ともに西門慶の家に住み込みで仕えています。年齢は、金蓮よりふたつ若い二十四歳。もともとの名を金蓮といいましたが、潘金蓮とまぎらわしいので、恵蓮と改めています。

この経歴をみて気づくのは、潘金蓮との共通点が多いことです。もともと仕えていた家でトラブルを起こしたこと。かつて嫁いだ夫が食べ物にかかわる職業だったこと。その夫の非業の死にともない、もとから関係していた男に改嫁（かいか）したこと。そしてなにより、もともと金蓮という名前だったこと。

南朝・斉の東昏侯（とうこんこう）が、潘妃（はんひ）に金箔でかたどられた蓮華の上を歩かせて「此れ歩歩（ほほ）蓮華を生ずるなり」と言ったという逸話があります（『南史』斉本紀下）。後世、宋代ごろに纏足（てんそく）の習慣が生じると、この話が纏足と結びつけられて、「金蓮」は、纏足を指す語となりました。潘金蓮という名も、小さな纏足をしていることからつけられたのですが、宋恵蓮の足は潘金蓮よりもさらに小さかったとされています。宋恵蓮の人となりを、作品の語り手がどのように描き出しているか、見てみましょう。

> 鳥の子色の顔立ちで、体つきは太っても痩せてもおらず、背丈は低くも高くもなく、足は金蓮と比べてもなお小さい。明敏な性格で、機転が利き、化粧が巧く、竜虎のように波風（いざこざ）を起こす。それこそ男をからかう組頭（くみがしら）、家風をみだす首領（みちびきて）。その腕前を述べるなら、
> そのかみ——

門に斜めに寄りかかり
来る人ごとに目配せし
頰に手を当て指を咬み
訳もないのに服なおす
立って座って足ゆらし
誰にともなく低く歌う
窓を開いて戸を押して
針の手を止めもの思い
話しもせぬに早や笑い
きっと誰かと秘密あり

（第二十二回。以下『金瓶梅』の引用はすべて筆者の訳）

「門に斜めに……」以下は、思わせぶりに男の気を引く様子をうたっているわけですが、じつはこれ、観相学の書物に見られる「婦人十賤歌」という一種の数え歌を、ほぼそのまま用いたものです（『神相全編』巻九）。つまり宋恵蓮は、ひと言でいえば「賤」（身分が低くはしたない）なる人物として、まずは読者に紹介されるのです。このあとさいごまで、語り手は宋恵蓮のふるまいを客観的に描くばかりなので、この女がいかなる人物であるかを語り手自身が述べるのは、いま引用した箇所のみです。

さて、宋恵蓮の夫となった来旺は、西門慶の命によって杭州へと買い出しに向かいます。西門慶たちが住んでいるのは清河県（今の河北省）ですから、かなりの道のりです。来旺が不在のあいだに、かねて気になっていた宋恵蓮を誘惑せんと、西門慶は「四季の団花文に連れ舞う瑞鳥をあしらった御納戸色の緞子一匹」を玉簫というべつの下女に届けさせ、意を伝えます。こんなふうに、ひとつひとつの品物の描写が細かいのも、『金瓶梅』の特徴のひとつです。

贈り物を受け取った宋恵蓮はあっさり承知して、ふたりは屋敷の庭園にある築山の下、蔵春塢という洞窟で事に及びます。といっても、ふたりの交わる様子は具体的にはいっさい描かれません。この場面にかぎらず、宋恵蓮の物語全体のなかに、露骨な性描写はほとんど見られません。『金瓶梅』というと、寝室の描写が次から次につづくというイメージもあるようですが、じっさいの作品はずいぶんちがっています。

さて、西門慶の寵愛を受けるようになり金回りがよくなった恵蓮は、門口で行商人から髪飾りや口紅、おしろいを買うようになって、装いが以前と異なるのが目立ってきます。仕事も家全体のまかないをする厨房からは外されて、奥の棟に住む正妻・呉月娘のために茶や料理の世話をする役目へと配置がえされます。鼻たかだかの恵蓮は、来客に出す茶を淹れるようにとの指示を下男が伝えてきても、

「父様（西門慶）が（表の棟に迎えた客と飲む）お茶をご所望なら、厨房の飯炊き女にたのみにいきゃいいだろ。なんだってここでずっと粘ってるんだい。私らは奥仕えで、父様母様（西門慶と呉月娘）が（奥の棟の）お部屋で飲まれるお茶だけを支度するんだ。表棟のやりくりになんて、かまってられないよ。」（第二十四回）

と、取り合いません。そのうちますます手がつけられなくなり、西門慶との関係を頼みにして、家じゅう上から下までまるで眼中にも置かず、来る日も妻妾連中といっしょに遊ぶようになっていきました。

恵蓮の得意の絶頂は、元宵節だったことでしょう。街路にうつくしい灯籠が飾られる正月十五日前後の賑わいは、作中にもくりかえし描かれています。まずは第四十二回で歌われる灯詞（元宵節を寿ぐ歌）の一節を引いてみましょう。これは『金瓶梅』の作者の自作ではなく、

『詞林摘艶（しりんてきえん）』戊集、『雍熙楽府（ようきがふ）』巻十一などの曲選に収められる既存の歌を引用したものです。

鳳城（みやこ）の佳きとき元宵を賞（め）でれば
鼇山（ごうざん）をめぐって瑞雲は立ち込め
銀の河みやれば星は清（さや）けく
天の塹（ほり）あおげば月は高みに
妙（たえ）なる調べ奏でられ
玳瑁（たいまい）の宴（盛宴の美称）ひらき歓を尽くす

両側に吊るされたきれいな灯籠も
満天の星や月の輝きにかなうはずなし
見れば
刺繍の帯が風うけたなびき
飾り天蓋は微かにゆらめく
鼇山（ごうざん）の上に灯光は輝きわたり

紙を切った蛾は頭を飾る

「鰲山」とは、灯籠を山型に積み重ねた巨大な飾りで、鰲（大海亀）が海中の仙山を支える様子になぞらえてこの名で呼ばれます。今度は第十五回の描写文の一部を見てみましょう。元宵節の街路にかざられた多彩な灯籠が列挙されています。

駱駝灯に青獅灯は　値のつけようもない珍品を載せ　吼えたける
猿猴灯に白象灯は　城いくつもにならぶ秘宝を捧げ　戯れあそぶ
八本の脚をがさごそと　螃蟹灯は　清波にざぶりと躍り
大口に髭をたくわえて　鮎魚灯は　緑藻をぱくりと呑む

もとの描写文はかなり長いのですが、あたりじゅう見物人でこみあうなか、食べ物や骨董などの店が出て、講釈や踊りも披露され、たいへんな賑やかさだったことがわかります。

この晴れやかな晩、恵蓮は西門慶の夫人たちや、西門慶の娘婿である陳経済らといっしょに街へ出ます。第六夫人である李瓶児が西門慶に嫁ぐ以前に住んでいた、獅子街の家へと遊びにいくのです。普段は家のなかで過ごしている夫人たちにとっても、この夜はおおっぴらに外歩きがゆるされる貴重な機会。ましてや下女の身分であるにもかかわらず同行をゆるされた恵蓮の得意さは、たいへんなものでした。一行の様子はこんなふうに描かれます。

　月明かりの下、まるで仙女のように、そろって白綸子の袷と金襴の袖なしを身に着け、頭の上には真珠や翡翠をうずたかく積みあげ、白き面には朱の唇が映えていた。経済と来興（使用人）は道中、左右でひとつずつ、〃蓮の緩咲〃、〃金糸の菊〃、〃一丈の蘭〃、〃明月勝り〃といった花火を上げていった。中心街へと出てみれば、香しい塵たえもせず、物見の衆は蟻のよう、爆竹の音は雷と轟き、灯籠の光いり混じり、笛や太鼓も高らかに、たいへんな賑やかさ。あたりの者らは、紗の提灯の一対に導かれた男女の一群が、みな赤や緑に着飾ってやってきたのを見ると、高官の家から来たものと思い、顔を上げて見ようともせずに、誰もが避けて通るのだった。〔A〕

　宋恵蓮は、且つは、
「お婿さん、筒花火を見せてよ」
　と叫び、且つはまた、

「お婿さん、元宵の爆竹を聞かせてよ」

と言い、且つはまた髪飾りを落として拾い、且つはまた靴が脱げ、人にもたれて履きなおした。〔B〕

（第二十四回）

宋恵蓮の浮かれてはしゃぐ様子が目に浮かぶ一節ですが、先ほど名前をあげた張竹坡が、この場面について興味ぶかい指摘をしているのをご紹介しましょう。引用中の〔A〕の箇所に「楼上での灯籠見物と〝遥対（ようつい）〟になっている」、〔B〕の箇所に「楼上での灯籠見物における、金蓮の数度にわたる〝且つは〟と、わざわざ対にしている」との批評をつけているのです。

順に説明しましょう。まず〔A〕について。楼上での灯籠見物というのは、一年前の元宵節のこと（第十五回）。まだ西門慶に嫁ぐ前の李瓶児を訪ねて、西門慶の夫人たちが獅子街の家に赴くという、よく似た情況が描かれています。〝遥対〟というのは張竹坡のよくつかう批評用語のひとつで、離れた場所に似た場面があることを指しています。では〝遥対〟を指摘する批評が、他でもないこの箇所に置かれたのはなぜでしょうか。じつは第十五回にも、楼（たかどの）から灯籠をながめる潘金蓮たちのすがたを下から見て、野次馬が「きっとどこかの高官のお屋敷から来たご家族さ」と噂する場面があります（図2）。それが「高官の家から来たものと思い」という、いまみた第二十四回の一節と共通していると、張竹坡は指摘しているのです（「高官」は原文いずれも「公侯」）。

〔B〕については、張竹坡の念頭にある一年前の場面を引きましょう。

潘金蓮は白綸子の袷の袖をすっかりたくし上げ、金襴の袖なしも顕わに、春の葱のような十指を見せれば、そこには鐙型の金の指輪が六個嵌まっていた。上半身を乗り出し、口には瓜の種を咬み、咬み終えた種の皮はすべて下なる見物人の頭上に吐き出して、玉楼とふたり、とめどなく笑いさざめくのだった。且つは指さして、

「大姉さま見て、あっちの家の軒下に玉繡毬の灯籠がふたつ掛かってますよ。行ったり来たり、浮いたり沈んだり、なかなかの見ものだわ」

且つはまた、

「二姉さま見て、向かいの竿には、大きな魚の灯籠が下がってますよ。下には小魚やら

図2　元宵節の灯籠見物
（崇禎本『金瓶梅』第十五回挿絵）

鱉やら蝦さん蟹さんがたくさんつきしたがっていて、これは面白いわ」

且つはまた孟玉楼を呼んで、

「三姉さまそこを見て、お婆さん灯籠とお爺さん灯籠が……」

ちょうど見ているところに、とつぜん風がびゅうと吹いて、婆さん灯籠の下腹に大穴をひとつぶち開けた。

（第十五回）


つまり、灯籠見物に浮かれた女の楽しくもせわしない様子を描くに際し、どちらの場面でも「且つは（原文だと「一回」）」が連用されていることを、張竹坡は指摘しているのです。なるほど、重複を避けて他の語を用いるのは簡単なのに、わざわざ同じ表現を用いているところには、表現上のたくらみを感じざるを得ません。金蓮と恵蓮に共通点が多いことは既に述べましたが、この場面での恵蓮の言動が、一年前の金蓮の様子とオーバーラップするよう意図的に描かれていることはたしかでしょう。

恵蓮がかつての金蓮とそっくりの行動をとる箇所は他にもあります。自分の後ろ盾となってくれる人物（金蓮なら月娘、恵蓮なら金蓮）に取り入るべくせっせと世話を焼く場面（第九回／第二十三回）や、西門慶の夫人らがカルタやサイコロで遊ぶところに横から口出しして手を教えようとする場面（第十八回／第二十三回）はその顕著な例で、表現の細部までよく似ていますから、興味のある方はぜひ探してみてください。

　このような反復の例をもうひとつ挙げてみます。物語のもう少し先に見える場面ですが、これは上に見た例とは逆に、宋恵蓮の話のなかの一場面が、『金瓶梅』のもっと先で繰り返される例です。

　元宵節のあとも楽しく過ごしていた宋恵蓮でしたが、出張していた夫の来旺が帰ってきたことで、やりたい放題はできなくなってしまいます。来旺は来旺で、西門慶の第四夫人である孫雪娥と密通しており、みやげを届けにいったところで、妻と主人との関係について知らされます。部屋へもどって、西門慶が恵蓮に与えためずらしい緞子や髪飾りをみつけた来旺は出所を問いつめますが、恵蓮は親戚からもらったと言い逃れます。

　「ぺっ、けったいな牢屋暮らしが。誰にだっておっかさんはいるだろ。岩の罅（ひび）から飛びだしてきたのにも巣穴（ねぐら）はあるし、棗（なつめ）の種から生まれたのにも仁（さね）はある（仁は人と同音。誰にでも親戚づきあいはあるの意）。泥人形に仕込まれたのも精気を受け継いでいるし、石ころに育てられたのにも親子の絆はある。人に生まれて親類縁者のないことがあるかい。これはね、母方のおばの家から借りてきた釵（かんざし）と櫛（くし）さ。誰が私にくれるってんだい。与太を飛ばしやがって、死ぬまで幽霊でも見てろ、牢屋暮らしめ。」

　そこに来旺の拳固がひとつ飛んできたので、あやうく引っくりかえりそうになった。

「この淫婦め、まだ口答えするのか。見ていた人がいるんだよ。お前が、人の道をわきまえないあの犬豚野郎とつるんでいるのをな。女中の玉簫がなにやら手引きして緞子を届けてきたことも、表の花園でふたりしてやったこともな。それから潘って淫婦のところへ連れこまれて、おおっぴらにやったんだろ。一日じゅう飽きるほど打ちこんだのさ。この淫婦め、まだ俺の鼻先で御託（ごたく）を並べるのか。」

　女は大泣きして言った。

「このろくな死に方しない牢屋暮らしめ。なんだってかえってきて私を打つんだよ。私があんたの何をだめにしたっていうんだ。そんなんじゃ、言葉が体（てい）をなしちゃいない。煉瓦でも瓦でも、放るなら落ち着き先ってものが必要だろう。どこの悪口言いが、ありもせぬことでっちあげ、でたらめ言いふらし、あんたを唆（そそのか）しておっかさん（このわたし）をいじめによこしたんだ。おっかさん（このわたし）は、どこかの馬の骨とはわけがちがう。いじめられて死ぬにしたって、きれいな場所をえらぶよ。誰が言ったのさ。私のことが信じられないなら、ひとつたずねてみるがいい。宋って女中がもしちょっとでも足をよろめかせていたなら、宋の字を引っくりかえしてやるから。こっちだって大口を開けて噂してやろうか。忌々しい淫婦だか王八（かいしょうなし）だかが、陰口（かげぐち）たたきやがって。あんたもあんただ、この牢屋暮らし。風も吹かぬうちからもう雨支度かい。よろずものごとはじっさいに合っていてこそでしょう。人があいつを殺せといったら、あんたはそいつを殺すのかい。」

（第二十五回）

けっきょく来旺は、この場では恵蓮に言い負かされていちおう納得するのですが、内心では西門慶への恨みをつのらせ、酒が入ったさいに人前でその恨みを口にしたことが、やがて西門慶の耳に入ってしまい……と、物語は展開していきます。

さて、宋恵蓮よりも後に登場して、やはり夫の留守中に西門慶と密通する使用人の妻に、王六児という女がいます。西門慶の開いた糸屋の番頭・韓道国の妻なのですが、遠方に嫁いでいく娘を夫が送るあいだに、西門慶と男女の仲になります。西門慶は銀子を与え女中をつけるなどして、恵蓮のとき同様、王六児に便宜をはかってやります。韓道国はかえってきてそれに気づきますが、この夫婦の絆は、こんなことではほころびません。見慣れぬ女中がいるのに気づいた韓道国がいぶかるのに対して、王六児は西門慶に誘惑されたことをあっさり伝えてしまいます。

女房はかくかくしかじか、西門慶に誘惑されたことをひととおり話して聞かせ、

「あんたが行ってから三、四回やってきて、それでやっと銀子四両だしてさっきの女中を買ってくれたんです。いちど来るごとに、銀子一、二両を携えてきますね。（略）大旦那はこの場所が不便なのをご覧になって、私たちのため中心街に家をひとつ買おうと約束して下さいました。そちらへ引っ越して住むようにって。（略）ここに銀子五十両があるわけでしょう。あの方、今度きっと銀子何両かを足して、いい家を見つくろって下さいますよ。これも私が身を汚したおかげで、まずはあのかたから結構な着る物（くらし）をせしめたってわけ。」

韓道国、

「あす、俺が店に行ってからもし来たら、俺は知らないことにするんだぞ。粗末に扱っちゃいかん、なんでも仰せのとおりにしとくんだ。きょう日（び）、金なんてなかなか稼げるもんじゃないのに、こんな行き方がどうしてできたもんだか。」

女房は笑って、

「この強盗め、野垂れ死んじまいな。あんたは優雅におまんまをいただけるだろうけどね、おっかさん(このわたし)がどんなにきついか、わかっちゃいないのさ。」（第三十八回）

情況はほぼ同じだというのに、こちらの夫婦は共謀して、西門慶を得がたい金づるとして活用しようとするのです。発想じたいが奇想天外なのもたしかですが、この場面の意外性がより引き立つのは、宋恵蓮の物語に描かれた、来旺の帰還時の緊張感ただよう会話と、好一対になっているからでもあります。今度もやはり修羅場をむかえるかと思って読み進めると、あにはからんや、番頭の夫婦のほうが一枚上（?）だったというわけです。

長篇小説ならではのこういう技法は、『金瓶梅』だけに見られるものではありません。『金瓶梅』に近い時期の小説『西遊記』にも〝遥対〟と呼べそうな箇所があるのを取り上げてみましょう。『西遊記』はご存じのとおり西天へと取経におもむく三蔵法師・玄奘(げんじょう)をまもって孫悟空や猪八戒が大活躍する話ですが、行く手をはばむ妖怪たちは、さまざまな魔法の道具をもちいて悟空らを苦しめます。

たとえば金角銀角という妖怪の持っている瓢箪(ひょうたん)は、その持ち主に名前をよばれた相手が返事をすると、相手を吸いこみ溶かしてしまうという宝物です。ところが孫悟空はこれを盗みとり、自分の毛でつくった偽物とすりかえてしまいました。たがいに瓢箪を抱えて対峙したふたり。銀角が、自分の宝物とそっくりの瓢箪を抱えている孫悟空をみてふしぎがり問いただすと、孫悟空は、そもそもこの宝物には雄（おす）と雌（めす）とがあって、自分のが雄である——と口から出まかせを言います。かまわず悟空の名を呼び、瓢箪に吸い込もうとする銀角でしたが、悟空が返事をしても、偽の宝物なので吸い込めるはずもなし。そこで銀角はこんなふうにぼやきます（以下『西遊記』の引用はいずれも中野美代子訳、岩波文庫から）。

「ああ天よ、世のなかどこも変わりばえがせんなあ。こんな宝ものでさえ、亭主をこわがるなんて。雌が雄に会ったら、もうそれだけでしごとをサボる」（第三十五回）

一方、物語のずっと後ろに登場する賽太歳（さいたいさい）という妖怪。こいつの秘密兵器は、火やら煙やら砂やらを吹き出す三つの鈴ですが、やはり偽物とすりかえられてしまいます。賽太歳と対決した孫悟空は、銀角の場合と同様、この宝物には雄と雌があって……との作り話をして、ただしこんどは自分のが雌であるといって話を締めくくります。賽太歳は、偽物の鈴をふりますが、火も煙も砂も、出てくるはずがありません。そこで嘆くには、

「おかしいぞ、へんだぞ！　世のなか、すっかり変わってしまった。この鈴のやつ、女房がこわいとみえる。雌に会ったんで、ひっこんでしまったわい」　（第七十一回）

『西遊記』も長い小説ですから、なかなかこの二か所の類似に気づく読者もいないでしょうが、少なくとも作り手の側としては、賽太歳のセリフは銀角のセリフの裏がえしとして書いているわけです。そこに気づく読者だけが、「こんどはこう来たか」と趣向をたのしめるわけで、これまた〝遥対〟のひとつの例であるといえましょう。

二、たかが呼び方、されど呼び方

さて、宋恵蓮の物語に戻ります。

来旺はその後、酔って使用人たちの前で西門慶をこき下ろしたのを密告され窮地におちいりますが、恵蓮はうまくごまかしてやったうえで、夫には元手をやって遠方で商売させればよいと、西門慶に勧めます。

「家に置いて、体を持てあまさせたりしたら——昔から言うでしょ、〃くちくて温けりゃ余計なことをし、ひもじく寒けりゃ泥棒したくなる〃ってね——、いたずらしないでいられますか。あの人が家におらず旅の空となれば、朝な夕な父様と私がお話をするにも、都合がいいでしょう。」（第二十五回）

一度はこの言葉に従いかけた西門慶でしたが、恵蓮を快くおもわぬ潘金蓮の説得により翻意し、逆に来旺を罠に嵌め、自分を殺そうとしたとの濡れ衣を着せて、役所につき出してしまいます（コラム①「『金瓶梅』と占い」参照）。夫を思うそぶりなど見せたことのない恵蓮でしたが、事件が起きると泣きながら駆けつけて必死に抗議し、しばらくして西門慶が自分の部屋を訪れた際にも、夫を釈放してくれるよう訴えます。

「私の大事なととさん、どうでも私の顔に免じて、二日もとっちめたら出してやって。お心があるなら商売させたげてください。させてくださらなくたって、かまやしないから。こんど出てきたら、酒はやめさせます。お心のまま、近くだろうが遠くだろうが、どこかに遣るとなれば、あの人が行かないことがありますか。そうでなきゃ、もしやりづらいのがお嫌でしたら、あの人にべつの女房を探してやれば、あの人もおさまるでしょう。私がとこしえにあの人のものってわけじゃないんだから。」

（第二十六回）

崇禎本『金瓶梅』のこの箇所には、「言葉が親密であればあるほど情は疎遠なものであるが、人はたいてい気付かない」との批評が記されています。恵蓮の心がすでに西門慶から離れていることを指摘しているわけですが、ここで「言葉が親密」であるという印象を与える語のひとつが、「ととさん」という呼称です。これは原文では「達達」で、もともとは父親を意味する語ですが、『金瓶梅』では枕を交わすさいに女が男を呼ぶのに用いられます。第二十一回、不仲だった正妻の呉月娘が、じつは夫である自分を心配してくれていたのを知って西門慶が感激し、夫婦が仲直りする夜の描写を見てみましょう。

西門慶は有無をいわせず、月娘の白く匂やかな両の脚を肩に担ぎあげ、そいつを牝に挿し入れると、鶯の放埒と蝶の没頭を思うがままにし、雨におぼれ雲にまよい、にわかには止めようともしない。まさしく何羽もの、

海棠の枝を梭のごといそぎ飛び渡る鶯

翡翠の梁で頻りに囀りを交わし合う燕といったところ。いつの間にか、犀の角のひと触れにて、睦まじさここに極まり、蘭麝の舌先なかば露わにし、口紅の香りは唇いっぱいに、ということに相成った。西門慶は情ここに極まり、月娘に「ととさん」と呼ぶようささやき求め、月娘もまた、帳を下ろし枕になじみ、つやめき溢れんばかり、口では「いい人」とひっきりなしに呼ぶ。この夜、ふたりは垂れ絹のなか、雨と雲との情意をおこし、頭よりそい首からませたのだった。

つまり、そのような情況で男がよろこぶような呼び方だったわけです。恵蓮が西門慶を「ととさん」と呼んだのは、このときが最初で最後でした。恵蓮の場合、心はとっくに離れているのに、夫を救うためには相手の気を引きつけなければいけないので、うらはらに親しげな呼び方を用いているのです。

呼び方の変化によって心的態度を表現する技法が用いられている先例として、『金瓶梅』の派生元である『水滸伝』の潘金蓮故事のなかに、有名な箇所があります。ここは『金瓶梅』にもほぼそのまま取られているので、『金瓶梅』第一回から訳出してみましょう。冬の日、武大の留守中に役所からもどった武松を、潘金蓮が酒をすすめつつ誘惑するくだりです。

ややあって女は、徳利一本を温めて部屋にもどり、片手で徳利を持ちながら片手で武松の肩をちょいとつねって言うには、

「二郎さん、こんな服だけで寒くないの。」

武松はもう六、七分は不愉快になっていたが、やはり相手にならなかった。女は武松が返事をしないと見るや、いきなり火箸をとりあげ、

「二郎さんが火をおこせないなら、私がかきたててあげる。火鉢みたいにあつあつになってこそ、ですよ。」

武松は八、九分はいらついていたが、じっと黙っていた。女の方は武松のいらだちも気にとめず、火箸を置いて酒を一杯注ぐと、ひと口だけすすってあらかたのこし、武松を見つめて、

「あんたにその気があるんなら、のこりをお飲みなさいな。」

潘金蓮は、ここまでずっと武松のことを「二郎さん」――原文は夫の弟を意味する「叔叔」――と呼んできたのを、最後の最後に「あんた」（原文「你」）と呼び変えています。『水滸伝』に批

評をつけた金聖歎は、潘金蓮がここまで「二郎さん」と呼んだ回数を数え上げたうえで、

> 淫婦を描くにしても活きた淫婦となっている。ここまでつごう三十九回「二郎さん」と呼んで、ここにきてとつぜん「あんた」に変える。たくみな発想、たくみな筆さばきである。

と評しています。『金瓶梅』が書かれたのは、金聖歎の『水滸伝』批評より前のことですが、おそらくこうした先行例から学んだのでしょう、呼称の変化による心理描写は、作品の他の箇所にも見受けられます。上にみた「ととさん（達達）」は二人称が変化する例でしたが、親族の呼称や一人称が変わる場合もあります。

まず親族の呼称を変える例をみてみます。武大の死後、出張からもどってきた武松は、兄の死が不審なものであることを、鄆哥（うんか）という少年から聞かされます。これは『水滸伝』にはない、『金瓶梅』であらたに設けられた場面です。ずっと「姉さん（嫂嫂）」と呼んできた潘金蓮のことを、「兄嫁（嫂子）」と呼び変えるところを引きましょう。

「……お前さん、くわしく俺に話しておくれ。兄貴は誰と揉（も）めて、誰にやられたのか。家

にいた姉さんは、何者に娶られていったのか。順を追って話してくれ、隠すんじゃないぞ。」

鄆哥は（略）言うよう、

「武二の兄貴、話すから聞いてくれ。ただし、話したからってカッとなっちゃ嫌（いや）だよ。」

というわけで、梨を売ろうと西門慶を探し、それから王婆さんにどうやって打たれて通せんぼされたか、またどうやって武大を手伝って密会現場を押さえようとしたか、西門慶がどうやって武大に蹴りを当てたか、胸を痛めること数日で、なぜかは知らないが死んだことなど、一部始終をひととおり物語った。武二は聞き終えると、

「この話は本当か。」

またたずねて、

「俺の兄嫁は、何者に嫁いでいったのか。」

（第九回）

次は一人称の例。のちに西門慶の第六夫人となる李瓶児は、はじめ西門慶の義兄弟でもある花子虚という男の妻でしたが、西門慶と密通し、のちに花子虚は病にかかり死んでしまいます。念願かなって西門慶の家に輿入れする日が近づき上機嫌な李瓶児のところへ、夜になって西門慶がやってきます。この日、西門慶は李瓶児の家へ来る前に、応伯爵というべつの義兄弟の誕

生祝いに出ていました。李瓶児のほうは昼間、僧侶を招いて花子虚の位牌を焼き、喪が明けたということで、あでやかな服に着替えたところ。李瓶児はまず、

「きょう、うちの人の位牌を焼きました。大旦那さえお見限りでなければ、わたくし（奴家）、巾櫛を奉る歓びを得て、並び飛ぶ鳥のように寄り添いたく存じます」

と、あらためて西門慶にあいさつをします（巾櫛を奉るとは手ぬぐいと櫛もて夫に仕えること）。その後しばらくやりとりがあってから、

「さきほど応さん家で飲まれていたのを、わたくし（奴）、もうずいぶん待ちましたよ。あなたが酔ってしまうのが心配だったから、早くもどられるよう、玳安（西門慶の下男）に呼びにいってもらったの。あちらで誰かに（自分たちふたりのことを）感づかれたかしら。」

西門慶、

「またしても応花子に見破られたよ。小者を責め立てて二言三言引き出すと、派手にひと騒ぎしてくれたもんさ。（義理の）弟たちは、こんどお祝いしたいから、歌い女を呼んで

奢(おご)ってくれだと。おまけによってたかって持ちあげて、何杯も酒を注がれたよ。目を盗んで逃げ出そうとした時にもじゃまされたが、またどうのこうのと意見が出て、放してくれたんだ。」

李瓶児はそこで、

「あの人たち、あなたを放してくれるなんて、なかなかわかってるじゃない。」

西門慶は、酔いの態(しぐさ)みだれ狂い、情ある眸(ひとみ)すがり付くという李瓶児の様子を見ては、たちまちこらえられなくなった。ふたりは、かたや口から丁子(ちょうじ)の舌を出し、かたや顔をば杏花(きょうか)の面(おもて)に寄す。李瓶児は西門慶を懐に抱きしめ呼びかけた。

「あたし(我)の大事なお兄さん、本気であたしを娶るなら、早くしてよね。あなただって行ったり来たりするのは不便でしょ。あたしをここに放っておいて、昼夜(ひるよる)待たせたりしちゃいやよ。」

（第十六回）

この夜の李瓶児は、あらたまったあいさつから始まって、ここまで一貫して自らを「奴」「奴家」と呼んでへりくだっていますが、最後のセリフでは、よりくだけた一人称の「我」を用い、遠慮をかなぐり捨てています。このように、人の呼び方ひとつにも、登場人物の心の動きがあらわされているのです。

ここで、潘金蓮が武松を呼ぶ「二郎さん（叔叔）→あんた（你）」という呼称の変化に、話を戻しましょう。この表現はなかなかに訳者泣かせでもあります。夫の弟を呼ぶ「叔叔」も日本語にしにくい言葉ですが、ある意味でもっと難しいのが「你」の処理です。中国語を少しでも勉強した方ならご存じのとおり、これはごく一般的な二人称代名詞です。だからといって、まさか「あなた」と訳すわけにもいかないので、訳語としては「あんた」とか「お前さん」くらいしか適切なものがありません。ところが、いま日本語を母語とする若い女性が、意中の男に親しげに呼びかけるさいにそれらの語を用いるかといえば、（調査をしたわけではありませんが）首をかしげざるを得ないでしょう。となると少なくとも、金聖歎のいわゆる「活きた淫婦」のありさまを描く現代日本語表現としては、「あんた」「お前さん」という訳語は失格ということになりそうです。そもそも日本語だと、くだけた会話では二人称代名詞は省略されることが多いので、「你」を訳すことじたい、自然な訳文を心掛ける立場からは、あまり望ましくないともいえるのです。おそらくそんな事情が背景にあるのでしょう、吉川幸次郎・清水徹訳『完訳水滸伝』（岩波文庫）では、さきほど「あんたにその気があるんなら、残りをお飲みなさいな」と訳したセリフが、

「ね、その気があるなら、このあと半分を飲んでちょうだい」

と訳されています。二人称代名詞に込められたなれなれしさを、「ね」という呼びかけに置き換えているわけです。

同じような現象が、ドイツ文学の大古典、ゲーテ『ファウスト』の訳文にも見られることを紹介しておきましょう。メフィストフェレスの魔法の薬によって若返った老学者ファウストが、グレーテヒェンという娘と恋に落ちます。ふたりがはじめて男女の仲となる第一部「あずま屋」の場で、グレーテヒェンはファウストを抱き、キスを返しながら愛の言葉を叫びます。このセリフ、高橋健二訳（中公文庫）ではこのようになっています。

「いとしいかた、わたししんからあんたが好きなの！」

高橋氏はここに訳注をつけて、以下のように述べています。

「あんた」（dich）とマルガレーテは初めて愛称でファウストを呼ぶ。この呼び方はこういう男女間では決定的な関係を意味する。

筆者（田中）は残念なことにドイツ語を解しませんが、ここでもやはり二人称の変化によって、グレーテヒェンのファウストに対する感情のたかまりが表現されているわけです。とはいえ、「わたししんからあんたが好きなの」という訳しぶりは、少なくとも今日から見るなら、いささか時代がかった物言いと感じざるを得ません。かといって「あんた」に代わる適切な訳語も、「你」の場合と同じく、なかなか見当たらないようです。それゆえか、後に出た池内紀訳（集英社文庫）では同じセリフに、

「好き、大好き！」

との、大胆な訳がつけられています。上に見た『水滸伝』の訳と同じく、呼び方の変化によりあらわされた心境を、別の形で訳文に反映させているのです。

もちろん日本語でも、親しさの度合いに応じて男女とも相手の呼び方は変わるわけですが、

二人称代名詞の変化に込められるこうしたニュアンスは、直訳するとどうしても不自然になりがちなため、時として訳者は他の要素に置き換えるなどの工夫によって、その表現効果を「翻訳」してきたことがわかります。簡単な言葉こそ訳しにくいという、ひとつの好例といえるでしょう。

三、宋恵蓮の最期

ふたたび物語に戻ります。

西門慶は、「ととさん」と呼んでかきくどく恵蓮の言葉に一時は動かされかけたものの、潘金蓮の反対に遭って、けっきょく恵蓮には伏せたまま、来旺を遠方の原籍地へと追放してしまいます。かなり後になってそのことを知った恵蓮は、部屋の戸を閉じ、声を上げて大泣きします。

「私のあんた、あいつのこの家で何をしでかして、紙の棺桶（でっちあげ）に嵌められちまったの。ずいぶん奴隷をやって、きれいな服の一枚だって部屋にたくわえることがなかったのに、今やとうとうあんたを陥れて、遠いよその土地へと追い出しちまった。のこされた私の身にもなってごらん。あんたが道中にあって、生死も分らず安否も不確かだなんて、ここのところ甕を被せられていたも同然の私には、わかるはずもありませんよ。」

（以下、引用はすべて第二十六回）

手ぬぐいを寝室の鴨居に結びつけて自縊をはかった恵蓮は、危ういところを助けられたものの、様子を見にきた西門慶を怒鳴りつけ、ご機嫌とりの贈り物を届けにきた下男をも「でかい拳固で殴っておいて、今度は傷を撫でまわすなんて」と罵って叩き出してしまいます。下女仲間は、

「旺どのの奥様を見そこなってましたよ。なんとあれもネガラシでしたか。大旦那を相手にとげとげしく咬みついて、ためでやりあってましたよ。どこのかみさんに、そんな出方ができますか。」

などと笑います。最初に西門慶との仲を取り持った玉簫は、西門慶の意を受けて恵蓮に添い寝しながら、こう宥めます。

「宋の姉さん、あんたは賢い人でしょう。ちょうどこんな女盛りの、花の咲き初めって時に、主人があんたに惚れたのも、ご縁があったってもんですよ。今や、上を見たならかなわぬが、下に比べりゃあまりあるってなもの。主人に仕える方が、奴隷に仕えるよりましですよ。行ったものは行ったんで、どんなに気を揉んだって仕方ないこと。泣きどおしで、ひょっとして良くないことになったら、せっかくの命をむだにするってものじゃない。諺にも言うでしょう、〝一日和尚をすれば一日鐘を撞く〟ってね。どのみち、二夫にまみえぬ貞節の誉れは、あんたの頭上に巡ってはこないのよ。」

恵蓮は靡かず、金蓮が自ら説得に乗り出しても、その西門慶への報告を借りるなら「一心にひたすら亭主を想って、〝一夜ちぎれば恩愛は百夜〟だの〝百歩をつれそえば別るるに忍びず〟だのと、千遍も万遍も言いやがる」ばかり。西門慶は笑って言います。

「あいつの上っ面の言葉を真に受けるんじゃない。あいつに前から貞節の心があったなら、そもそもが料理人の蒋聡への操を守って、来旺に嫁ぎやしないさ。」

西門慶が恵蓮に心奪われたままなのが気に入らない潘金蓮は一計を案じ、孫雪娥と恵蓮の双方に互いの悪口を吹き込んで、ふたりが衝突するように仕向けます。

「姐（ねえ）さんは、旺さんのことを慕ってるんでしょ。もっと早く慕ってあげたらよかったのにね。あんたがいなけりゃ、あの人だって死ぬこともなく、今も西門慶の家にいたでしょうに。」

孫雪娥の言葉に、恵蓮は言い返します。

「人に言いたてられずに済んでるなら、みんながちょっとずつ我慢すればそれきりなのに、どうして首を突っこんで人のあら探しをしなきゃならないの。（略）私が奴隷の淫婦なら、あんたは奴隷の側女（そばめ）だろうが。私が主人をくわえこんだのも、あんたが奴隷をくわえこんだよりましさ。あんたはこっそり私の亭主を盗んどいて、自分の方から騒ぎたててにくるんだね。」

この台詞は痛い所をはっきり突いていたので、雪娥はカッとならずにはいられません。防ぐ間もあたえず歩み寄り、横面をひとつ張れば、恵蓮の顔ははれて真っ赤に。恵蓮の方も「なんで打つのさ」と言いざま頭から突っ込んでいき、ふたりは摑みもつれて一緒くたになり叩き合います。

その直後、恵蓮は二度目の首吊りをはかり、ついに身罷りました。享年二十五。まさしく、〝世の中は素敵な物ほど丈夫ならず、彩雲は散じやすく玻璃もまた脆し〟といったところ。家を空けていた西門慶のかえりを待って、呉月娘はただこう伝えました――宋恵蓮は亭主を慕って一日じゅう泣いて過ごし、奥で皆が忙しくしている隙に、いつの間にか自ら命を断ちました、と。

「もともと莫迦な女さ。福がなかったんだな。」

これが、恵蓮の死を告げられた西門慶の口にした唯一の言葉でした。

＊　　＊　　＊

『金瓶梅』の素材・版本研究を大きく進展させたハナン氏は、第二十二〜二十六回を占めるこの一段が「モーパッサン流の客観性」をもって描かれていると評します（Patrick Hanan, "A Landmark of the Chinese novel", *University of Toronto Quarterly*, vol.30, no.3, 1961）。作中人物たちがどれほど感情を昂ぶらせても、語り手が巻き込まれずに距離を保っていることは、以上の梗概や引用からも伝わったのではないでしょうか。

　このような「客観性」の然らしめるところ、先に引いた登場時の素描を除けば、恵蓮の人物像は作品の語り手によって規定されることはなく、ただ描かれる言動によってのみ、読者の胸中にかたちづくられていきます。「賤」なる人物として登場した恵蓮は、前半ではその性格づけを裏切らぬふるまいをみせます。西門慶と密通し、家中（かちゅう）での格が上がったのに浮かれて元の仲間を蔑（さげす）み、装いが派手になっていくのです。しかし後半になり、じつは夫を深く思ってもいたのだとわかると、性格規定にはいわばひびが入ります。語り手自身がこしらえた殻を食い破って、このちっぽけな女の魂というべきものが露呈するのです。にもかかわらず、語り手は恵蓮に対して共感を示そうとも、論評を付け加えようともしません。

死を選んだ恵蓮の絶望は、下女仲間や西門慶の笑いまじりの反応との落差によって、より鮮明に浮かび上がります。ところが恵蓮にきびしい見方をとるならば、むしろ周囲の発言の方が順当なのであって、たしかに恵蓮がいたからこそ来旺は追放されたのだし、恵蓮の行いはどう転んでも貞節とはいえません。その意味では、流された夫を慕う恵蓮の叫びは、西門慶が言うように「上っ面」というしかないものです。読者はここでいわば引き裂かれることになります。語り手に従って彼女を「賤」なる人物と見なしつづけるべきなのか、この女の虚仮の一心を哀れむべきなのか。もちろん答えなき問いです。

じつは、恵蓮の分身ともいえる金蓮についても、いまみた恵蓮と同じような性格描写上の分裂（らしきもの）が指摘できます。もとの夫である武大を殺害して、まだ西門慶のもとへ嫁ぐ前の第八回、なかなかやって来ぬ男を待ちわびて、金蓮はこんないじらしい歌を口ずさんでいます。

あの人を思いながら簾をこっそり下ろす
戸をひっそり閉ざす
むなしく布団のなかで名を呼び罵るだけ

どうして花霞（ぎじょ）に入れあげて
私の家に来ないの
薄れた眉を画（か）いてくれる人もなし
どこの緑の楊（やなぎ）に馬をつないだのやら
あの人　わたしを裏切った
わたし　あの人を慕ってる

これは明代中後期に流行した通俗歌謡「山坡羊」の旋律による歌で、当時の曲選にも収められています（『雍熙楽府』巻二十）。毒婦の代名詞たる潘金蓮の一般的イメージとはだいぶ異なるタイプの女性が描かれていて、研究者の間でも評価の分かれる場面ですが、歌を口ずさんでいるあいだ、金蓮は曲中の女主人公になりきり、すっかり自己憐憫に浸っているようです。これまた「上っ面」な感傷ではあるにせよ――歌のすぐ後に金蓮は、餃子を盗み食いしたといって継娘（ままむすめ）を折檻しています――、人物がときにその「性格」に似つかわしからぬ感慨を胸に宿すとの観察は、ここにも見受けられるのです。

『金瓶梅』の作者は、人物たちの性格を的確に描き分けつつ、そのような各人の性格付けの枠内にきれいにおさまらぬ感情の「現実」にも光を当てています。ひるがえって考えるなら、『金瓶梅』という作品自体にも、これまで様々な相反する性格規定がなされてきました。古くは警世の書とも淫書ともいわれ、近代以降は厳格なリアリズムで描かれていると評される一方で、作者が作中世界に取り込まれてしまっていると批判されることもありました。そのような評価の分裂じたいが、作者の一筋縄でとらえられぬ創作態度を物語っているともいえましょう。

「このような作品だ」と決めつけて、その枠に押しこめるように読もうとする者を、『金瓶梅』は往々にして戸惑わせます。程度の差こそあれ、すぐれた作品とは単純な性格づけをこばむものでしょうが、『金瓶梅』の場合、巷間流布しているイメージがあまりにも極端なので、読者の期待と作品の実像との食い違いが、とくに大きくなる傾向があるようです。むろん、イメージを生み出し、出版四百年を経てなお読者の好奇心をくすぐるのもまた、作品の持っている力のあらわれに他なりません。その好奇心は、原作を読んでみたら、ある意味では裏切られるかもしれません。しかし、それこそが作品の「現実」を知るということ。ぜひいちど『金瓶梅』の「現実」に触れてみていただきたいと願います。

コラム①　『金瓶梅』と占い

本文中でも述べたように、宋恵蓮の人となりを最初に読者へ紹介する歌は、『神相全編』という観相学の書物（ないしはその類書）から引用されています。

『金瓶梅』は、文学作品にかぎらぬ広範な書物からの引用が見られることで知られ、さまざまな引用にこめられた作者の意図――たとえば引用される作品の筋が『金瓶梅』の先の展開を暗示しているなど――をさぐる研究も進められています。もっとも、特段の意図がなく、単に物語を動かすためのパーツとして既存の作品を借りてくる場合もあったようです。宋恵蓮の物語でいえば、夫の来旺に濡れ衣を着せるべく西門慶が罠を仕掛ける場面がそうです。

これも起こるべくして起こったことなのであろう、眠りについたばかりでいくらも経たぬ、一更（午後七〜九時）を過ぎたくらいの、人びとがやっと落ち着きだす時分に、奥の棟からひと声、泥棒を追えと叫ぶのが聞こえた。女房はいそぎ来旺を揺すって起こした。来旺は、酒もまだ醒めずにぼんやりきょとんとしつつも、這い起きるや

寝台脇の護身の棍棒を手に取り、奥へ泥棒をつかまえに行こうとした。女は、

「夜も遅いから、様子を見てからになさい。軽々しく入ってっちゃだめ。」

来旺、

「千日養った軍隊も、使うのは一時さ。お屋敷に泥棒と聞いちゃ、追いかけないでいいものかい。」

とて、棍棒を引きずり、大股で中の門の内へと入っていった。すると広間の石台に玉簫が立っており、大声で叫んだ。

「泥棒がひとり、花園へ入っていきました。」

来旺はまっすぐ花園へと追ってきた。脇棟の通用門まで追ったところで、思いがけず物陰から腰掛けがひとつ放られ、足元をすくわれた来旺はばったり倒れた。すると、カランという音と共に、ひと振りの刀が地に落ちた。左右から四、五人の小者が飛び出し、大声で叫んだ。

「泥棒をつかまえろ。」

いっせいに近寄り、来旺をぐいと取り押さえてしまった。


（第二十六回）

こうして来旺は、無実の罪におとされるわけですが、じつはこの箇所も、『水滸伝』第三十回にみえる、武松が張都監によって捕らえられる場面を、細部にいたるまで踏襲しています。『金瓶梅』の冒頭は武松の虎退治からはじまるのですが、虎退治にせよ、この場面にせよ、作者は活劇的な場面を自前で構想するのではなく、『水滸伝』などの既存作品から借りてきています。もちろん、とくに借用の痕跡のない喧嘩や捕り物の場面もあるのですが、どちらかといえばその読みどころは、事件へと導かれる過程や、当事者の交わす会話の妙味、周囲の反応や、役所での調べと裁きにあります。『水滸伝』のようなスリルや痛快さは、あまり感じられません。

来旺の捕縛がそうであるように、活劇的な事件はしばしば、物語が次の局面へと進むいわば結節点に位置します。ただし『金瓶梅』の作者の場合、事件じたいを鮮やかに描くところに本領があるのではなく、むしろその結節をひもとく手際にすぐれているといえそうです。いま引用した場面についても、具体的にどのように来旺を嵌めたかは『金瓶梅』の文脈においてたいした問題ではなく、西門慶が心を決め計略を実行するまでの背後の駆け引きや、事件後の宋恵蓮の嘆願など、周辺的な事情が読ませどころであるのは、一読して明らかです。

章末には潘金蓮の歌を引きましたが、こうした引用にしても同じことです。潘金蓮が口ずさむ歌じたいは当時の曲選に載っている抒情歌で、定型的とはいえそれがゆえに共感を誘う「待つ女」の心情を描いています。ところがこの歌が、ほかでもない潘金蓮によって歌われ、かつ同じ口から直後に、継娘の餃子の盗み食いを口汚なく罵るセリフが吐かれます。このような展開によって潘金蓮の、単に苛烈というだけではない多面的な人物像が浮き上がってくるのです。作者の手腕は、既存の歌を独自の文脈において小説表現にとりこむことに発揮されています。これまた、事件じたいよりもそれを展開させることに主眼をおく表現特性の、形をかえたあらわれといえるでしょう。

『神相全編』の話に戻りましょう。『金瓶梅』の第二十九回には、呉神仙という人物が西門慶の家を訪れて、西門慶や妻妾らを占う場面があります。この小説は、末尾に九のつく回に重要なできごとが起こることが多いのですが、この呉神仙の占いも、主要登場人物の以降の運命を暗示するだいじな役割を担っています。たとえば西門慶の亡くなった前妻が残した娘、西門大姐については、こんなことがいわれます。

「こちらのご婦人は、鼻筋があおむいてあらわなので、財産を食い破り家を刑します。

声が破れた銅鑼のようなので、家財は消え散ります。顔の皮膚がぴんと張りすぎており、溝洫（こうきょく）（唇の上のくぼみ）が長いとはいってもやはり若死にをなさいます。足どりが雀躍するかのようなので、家では暮らせても衣食に事欠かれます。三九二十七歳（さんくにじゅうしちさい）を過ぎずして、きっと酷（ひど）い目に遭われます――

夫と反目ばかりしている小利口者
父母からの衣食で僅かに身を養う
すがた見ばえせず栄達の望み薄く
非業の死を遂げずとも苦難の人生」

西門大姐は、じっさいやがて非業の死を遂げる運命にあります。最後の四句は『神相全編』巻九「人像獣名類」のなかで「鼠形」の人を描く詩に基づいており、やはり作者が既存の素材をたくみに自作中に活かしている例といえます（西門慶や李瓶児の観相について、小川陽一『日用類書による明清小説の研究』研文出版、一九九五年、第三篇第一章「明代小説における相法」が具体的に出所を明らかにしています）。

とはいえ、作者がこうした占いを神聖視するばかりだったのかといえば、これまたあやしいのです。同じ呉神仙が西門慶の八字（生まれた年月日時を干支であらわしたもの）を、我が国でいう四柱推命によって占う場面を引きましょう。

西門慶はそこで八字を見てもらうべく、

「寅年の二十九歳、七月二十八日の子の刻に生まれました。」

神仙は静かに親指を他の指の節に当てて勘定していたが、ややあって言うよう、

「旦那さまの八字は、丙寅の年、辛酉の月、壬午の日、丙子の時となります。（略）旦那さまの八字は、貧道（それがし）の見るところ、命運は貴（とうと）く盛んで、八字は秀（ひい）でて非凡、富貴を得られるかさもなくば栄達なさいます。ただ五行の土に配当される十干の戊（ぼ）が傷官でして、生まれが七八月の間となりますと、お身体が盛んに過ぎます。幸い、壬午のお生まれゆえ日干は壬で、これは癸（き）とともに五行では水に属します。水と火とが補い合って、大器を成すでしょう。丙子の時のお生まれで、丙と辛とが合わされば、やがては権威ある職につかれます。一生ずっとお盛んで、楽しく安穏に過ごされ、福運をつかみ役人となり、お子様が誕生なさるでしょう。お人柄は一生を通じて頑強率直で、事を構えるに脇目も振りません。嬉しいときには春風駘蕩（しゅんぷうたいとう）、怒れるときには迅（じん）

雷烈火。多くの妻と財とを得て、少なからぬ紗の官帽をつけられます。死に際しては
　ふたりのご子息に見送られます。……」

詳しい解説は省きますが、「傷官」といった専門用語をまじえつつ、いかにももっともらしい占いがなされています。ところがこの占い、冒頭からおかしいのです。西門慶は丙寅の年、すなわち元祐元年（一〇八六）に生まれているはずなのですが、その場合七月二十八日は丁酉の月、癸未の日となります。また、仮に日をあらわす干支が壬午であるなら、子の刻は庚子でなければいけません。呉神仙はごく初歩的な誤りを犯しています。崇禎本は本文を改めて矛盾を部分的に解消していますが、批評者はなお「四柱がまったく合わない。おもうに（『金瓶梅』の時代設定である）宋のころの占いはこのようだったのだろう」と半畳を入れており、さほど専門的な知識がない読者でも見破れる不整合だったことがわかります。「少なからぬ紗の官帽をつけられます」との予言にも、崇禎本は批評をつけています。それによれば、「少なからぬというのは皮肉であり、まともに得るのでないことを示している」のです。そしてなにより、「お人柄は一生を通じて頑強率直で、事を構えるに脇目も振りません。嬉しいときには春風駘蕩、怒れるときには迅雷烈火」という箇

所。これはじつは陰茎の描写にもなっています。死に際して見送るふたりの子息とは睾丸の暗示。なお、西門慶にはこの後たしかにふたりの男児が生まれますが、ひとりは西門慶の存命中に夭折し、もうひとりはその死と入れ替わりに生まれてくるので、どちらも父の最期を看取りはしません。

こんなふうに、もったいぶったご託宣とみえるセリフにも、どぎつい冗談をまぎれこませてあるのが『金瓶梅』です。企てに満ちた、油断のならない作品なのです。

コラム② 『金瓶梅』と日本

『金瓶梅』は、詞話本、崇禎本、張竹坡本のいずれも、早くから我が国へもたらされたことがわかっています。完全な形でのこっている詞話本はいまのところ三点しか存在が確認されていませんが、そのうち二点は日本に所蔵されています。ただし本国とおなじく、もっとも普通に読まれたのは張竹坡本であったようです。

江戸期の『金瓶梅』受容については、近年研究が進められてきました。たとえば、高階（たかしな）正巽（まさつね）（一八〇六～?）の筆により訓訳の施された『金瓶梅』の写本（鹿児島大学附属図書館玉里文庫蔵）が紹介され、その書き込みから、白話文学に通じていた遠山荷塘（とおやまかとう）（一七九五～一八三一年）という僧侶が、『金瓶梅』の会読を行っていたことがわかりました（徳田武『日本近世小説と中国小説』青裳堂書店、一九八七年、第十八章「遠山荷塘と『金瓶梅』」）。この写本についてはその後も研究が続けられ、荷塘の門人たる正巽が、会読時に示された師の語釈を記録するにとどまらず、独自の関心を抱きつつ主体的に『金瓶梅』を読み進めていったさまが明らかにされています（川島優子『『金瓶梅』の構想とその受容』研文出版、二〇一九年、第八章「白話小説の読まれ方」および第九章「「資料」としての『金瓶梅』」）。

また、曲亭馬琴（一七六七～一八四八年）には翻案『新編金瓶梅』（一八三一～一八四七年）がありますが、他の中国小説の筋立てを取り入れるなど、原作とかなり趣を異にする内容となっています。馬琴は第一輯の自序で『金瓶梅』を「巧(たくみ)なる条理(すぢ)は一箇(ひとつ)もなし。彼(かしこ)の乱朝(らんちやう)悪俗の、情態(じやうたい)をよく写せしのみ」と評しています。

こうした試みこそありましたが、総じて『金瓶梅』は、書名こそ知られていたものの、原文の難解さも手伝って、四大奇書の他の三作品——『三国志演義』『水滸伝』『西遊記』——ほどの大きな影響を与えることはなかったようです。この小説の初めての日本語訳は松村操(みさお)の『原本訳解金瓶梅』（一八八二年）で、第十一回までの抄訳です。徳田氏らにより近年翻刻されて、容易に見られるようになりました（『江戸風雅』第七号、二〇一三年）。その後、さまざまな翻訳が出ましたが、いまから読もうと思われるかたには筆者による『新訳金瓶梅』（鳥影社）をお勧めします。三分冊のうち既刊は上巻のみですが、本書と前後して中巻を刊行する予定で作業を進めていますので、ご期待ください。

※本章は、科学研究費補助金（課題番号17K13432）による成果の一部です。

参考文献

小野忍・千田九一（訳）『金瓶梅』（岩波文庫、全十巻、一九七三〜一九七四年）
田中智行（訳）『新訳金瓶梅』（鳥影社、全三巻（中巻以降未刊）、二〇一八年〜）
荒木猛『金瓶梅研究』（佛教大学、二〇〇九年）
小川陽一『日用類書による明清小説の研究』（研文出版、一九九五年）
川島優子『『金瓶梅』の構想とその受容』（研文出版、二〇一九年）
小松謙『「四大奇書」の研究』（汲古書院、二〇一〇年）
――『水滸伝と金瓶梅の研究』（汲古書院、二〇二〇年）

第五章　『水滸伝』から考える明清時代のエンタメ小説：白話小説

馬 場 昭 佳

はじめに　「文学」とは何だろう

この章では、明清時代に登場した新しい文学ジャンルである白話(はくわ)小説について、『水滸伝(すいこでん)』という作品を例にしながら解説していきたいと思います。ですが本題に入る前に、まずは次の連想クイズに直感で答えてみてください。

「日本文学」と聞いて、何を思い浮かべますか。

いろいろな回答が考えられます。例えば『万葉集』や『古今和歌集』などに収められている和歌、松尾芭蕉や小林一茶らの俳句、『源氏物語』や『平家物語』といった物語作品、夏目漱石『こゝろ』や宮沢賢治『銀河鉄道の夜』などの近代文学、人によっては村上春樹『ノルウェイの森』のような現代の作家や作品を挙げるかもしれません。おそらくみなさんが思いついたものは、そのほとんどが国語や歴史の教科書に載っている作品・作家・ジャンルだと思われます。要するに、学校の授業で習ったものを連想されたことでしょう。

この連想クイズは、みなさんの頭の中にある「日本文学」のイメージを明確にするための軽い準備運動です。それでは、次の問いについて考えてみてください。

鳥山明『ドラゴンボール』、尾田栄一郎『ONE PIECE』、谷川流『涼宮ハルヒの憂鬱』、竜騎士07『ひぐらしのなく頃に』は日本文学でしょうか。

ここで挙げた作品はマンガもしくはライトノベルです。特に若者を中心に絶大な人気を博しており、アニメなど多くのメディアで展開されているので、ご存知の方も多いと思います。ちなみにライトノベルというのは明確な定義が決まっていない用語なのですが、近年の日本で生まれ、ジャンルを問わず娯楽を提供する、比較的安価で中高生や若者を主な対象とする小説を指すものと考えてください。厳密に言うと『ひぐらしのなく頃に』はコンピューターゲームですが、いわゆるゲーム的な要素は乏しく、コンピューター上で小説を読むようなものなので、ライトノベルと見なします。

ではこのようなマンガやライトノベルの作品は「日本文学」といえるのでしょうか。おそらく賛否両論に分かれると思います。ここでちょっとディベートをしてみましょう。賛成の立場の人は、これらの作品はなぜ和歌・俳句や夏目漱石の作品と同じく日本文学の一つと見なせるのか、反対の人はなぜ日本文学とは認められないのか、それぞれ理由を考えてみてください。そしてお互いの主張を討論の場で戦わせてみてください。おそらく両者の議論はうまく噛みあわないと思われます。なぜかというと、両者で「文学」の示す内容が違っているからです。用語の意味を同じにしなければ議論は成り立ちません。ふだん何気なく使っている「文学」という言葉の定義が実は曖昧であることに気づいていただけたでしょうか。

このような議論は決して教室の中だけの思考訓練ではなく、実際に世界レベルで起こっています。二〇一六年のノーベル文学賞はアメリカの歌手ボブ・ディランに授与されました。この時、歌手がノーベル文学賞を受賞するという史上初の事態に世界中が衝撃を受けました。文学賞は小説や詩など「文学」として広く認知されている作品を対象にしたものであり、ボブ・ディランの活動は「文学」の範疇に入っているものとは考えられていなかったからです。しかしボブ・ディランの受賞によって、歌（正確には歌詞）も「文学」の仲間入りを果たしました。つまり二〇一六年に「文学」の意味は更新されたといえるでしょう。ボブ・ディランという世界的歌手とマンガやライトノベルといった娯楽作品を同じレベルで論じることはできませんが、「文学」とは何かを考えるうえで格好の題材かと思われます。

ちなみに「文学」という言葉自体は、古くは『論語』にも出てくる歴史のある表現です。ただし漢和辞典を引くとわかるように、かつては「学問」一般を指す語として用いられています。それが現代のように「literature」の訳語として使われ始めたのは明治以降のことです。「文学」という語の意味の変遷について解説すると、本題から大きく逸れてしまうので、これ以上深入りするのはやめます。一言だけいいますと、言葉の概念というのは時代や環境によって大きく変わりうるものなのです。

話がかなり脱線してしまったので、本題に戻りましょう。「マンガやライトノベルは日本文学なのかどうか」という意地の悪い問いかけをなぜしたのかといいますと、明清時代において白話小説はまさに現代におけるマンガやライトノベルのように考えられていたからです。つまり当時の知識人層にとって、白話小説は大人が真面目に論じるようなものではなかったのです。彼らが議論すべきは天下国家のこと、つまり今日でいう政治や経済の問題にほかなりません。一方で白話小説は社会に強い影響を及ぼしたので、一部の知識人はその意義について熱く持論を述べました。後で触れる李卓吾（りたくご）はその代表的な人物です。

白話小説の見方が大きく変わるきっかけは、アヘン戦争に始まる西洋列強の侵略です。強い危機感を抱いた知識人は先進国の文学を模範として分析し、「novel」という一大ジャンルを見出します。そして中国文学に相応するものを探した結果、白話小説を「発見」しました。白話小説は今から五百年ほど前に登場するのですが、長らく単なる娯楽作品と見なされ続けました。今日のように中国文学史の確固たる一ジャンルと認知されるようになったのはせいぜい百年ほど前になってからなのです。

以上のことをふまえますと、私たちがマンガやライトノベルに対して抱いているイメージは、明清時代の白話小説の性質を考えるうえでかなり役に立つのではないでしょうか。ここからは白話小説を、何百年も前の骨董品のように自分とは縁遠いものではなく、かなり身近な、同時にそれゆえにあまり関心を払っていない娯楽作品として見てみることにしましょう。ですから、教科書をいやいや読むような気持ちではなく、マンガやライトノベルを読むように気楽にお付き合いください。

一、明代後期という時代

白話小説は明清時代に流行した文学ジャンルです。本題に入る前に当時の時代状況について整理しておきましょう。ただし明清時代は合わせて六百年もありますので、後で具体的な作品として取り上げる『水滸伝』が登場して多大な影響を与えた明代後期すなわち十六世紀後半から十七世紀前半の状況に焦点を絞ります。ちなみに日本では室町後期・戦国時代から江戸初期にかけての時期に当たります。

明朝による統治が長く続いたこの時代、社会構造が大きく変化します。その大きな要因として、銀の大量流入と人口の増加・移動の二点が挙げられます。

まずは銀について見ていきましょう。十六世紀は大航海時代によって世界が一つに結びついた結果、様々な物資が世界規模で流通するようになりました。銀もそのうちの一つに入ります。その主な供給源は中南米ですが、実は日本も供給の一端を担っていました。世界遺産にも登録された島根県の石見銀山は、当時日本が銀を採掘していたことを示す遺構です。中国はというと、その銀を大量に受け入れていました。

銀が大量に流入することにより、生活に身近なところに着目しますと、決済手段が大きく変わります。それまで商売のやりとりは、容易に調達できる銅で主に行われていました。しかし銅は重いという欠点があります。とりわけ高額の決済ではかさばってしまい非常に不便です。それが小型で軽量な銀に変わることで多くの商売が円滑に行われるようになり、結果として経済が大きく発展することになります。

日常生活における銀での支払いは、宋代を舞台とする『水滸伝』の作中に多く見られます。宋代は銅銭でのやりとりが主流だったので、時代考証という点では明らかに間違っています。例えるならば、江戸時代の人が現在の千円札で買い物をしているようなものです。しかしこの誤りは、現在残っている『水滸伝』は銀での支払いが日常化していた明代後期に作られたことを逆に証明しているともいえます。

続いて人口の動向について押さえておきましょう。元明交替期は戦争が頻発したので人口は減っていましたが、終息した後は統治が安定したことにより、人口は徐々に増えていきます。すると生産力のあまり高くない地域では人口圧が生じ、余剰人口が生産力のより高い地域へと動き始めます。当時の中国では、四川地方から長江下流域の江南地方への大規模な人口移動が確認できます。長江に沿うという自然環境を利用した移動なので、大規模なものとなったのでしょう。そして余剰人口の到達点である江南地域では、流れ着いた人々を労働者として働かせる大都市が形成されます。人口の多い大都市の誕生は、商業の発達に拍車をかけることになります。

商業の発達と人口の移動などによって社会が大きく変動することで、そこに暮らす人々の考え方も大きく変わっていきます。中国社会において中心的な思想の一つである儒教の世界でも、朱子学が支配的であった状況に大きな動きが生まれます。明代以降、朱子学は科挙（官僚採用試験）の正統な解釈となることで、儒教の正統として絶対的な権威となっていました。後に日本の江戸幕府が朱子学を体制の思想として導入したのも、その影響を強く受けたからです。ただし権威となった朱子学には多くの細く厳しい規範があったので、少なからぬ知識人が窮屈さを感じていました。そこに登場したのが王陽明（おうようめい）による陽明学です。知識でがんじがらめになっていた人々にとって、直感を重視する陽明学は魅力的なものと感じられたらしく、当時の先進地域であった江南地域を中心に流行します。そしてこの新しい学風は、後に李卓吾という異端児を生み出します。

李卓吾は陽明学者なのですが、直感を更に重視する態度を取ったため、儒教的価値観であっても時代にそぐわないものは容赦なく切り捨てました。朱子学にせよ陽明学にせよ、解釈の違いはあれども儒教という枠組みの中で思想を展開していました。李卓吾はその前提となる枠組みすら破壊してしまったのです。当時としてはかなり斬新な発想の持ち主で、時には儒教の経典すら否定したので、特に保守層から強く反発されます。為政者側からは危険人物として睨まれ、最後には投獄され自殺に追い込まれてしまいました。しかし一方でその奇抜な思想は一部の知識人たちの強い共感を招き、崇敬の念を抱かれるようになりました。要するに李卓吾は、一部の熱狂的な支持者と多くの保守的な反対者の両者に大きな影響を与えた思想家だったといえます。

李卓吾の代表的な主張が展開されている「童心説」の中から、その文章観を論じた箇所を見てみましょう。

天下之至文、未有不出於童心焉者也。苟童心常存、則道理不行、聞見不立、無時不文、無人不文、無一様創制体格文字而非文者。詩何必『古選』、文何必先秦。降而為六朝、変而為近体。又変而為伝奇、変而為院本、為雑劇、為『西廂』曲、為『水滸伝』、為今之挙子業。皆古今至文、不可得而時勢先後論也。故吾因是而有感於童心者之自文也。更説甚麼『六経』、更説甚麼『語』『孟』乎。

〔訳〕天下の至文（優れた文章）は、童心から出なかったものはない。もし童心が常にあれば、道理がわからず、見聞に乏しくても、至文にならない時はなく、至文にならない人はなく、いかなる形式・文体を創出しようとも至文にならないことはない。詩はなぜ必ず『古詩選』のようでなければならず、文はなぜ必ず先秦のようでなければならないのか。時代が降って六朝の駢文となり、それが変化して唐の近体詩となる。また変化して伝奇となり、それが変化して金の院本となり、元の雑劇となり、『西廂記』となり、『水滸伝』となり、今の八股文（科挙の試験答案文）となったのである。これらは全て古今の至文であり、時代の趨勢の先後によって価値づけることはできないのである。したがって私は童心というものが自然と至文を作ることに感じ入っているのである。ここにさらに『六経』だの『論語』・『孟子』だのを持ち出す必要があろうか。

（李卓吾「童心説」）

文章にとって肝要なのは「童心」すなわち先天的に備わっている感性であり、後天的に習得した知識は重要ではないと主張しています。また時代によって優れた文章の基準は変化するのだから、いつまでも過去のものを金科玉条のように押し頂く必要はないと断言しています。あくまで私の憶測ですが、もしも李卓吾が今日の日本に存在したならば、『ONE PIECE』や『涼宮ハルヒの憂鬱』こそが今の日本文学だ、と声を大にして主張するかもしれません。

このように明代後期という時代を概観してみると、現代日本と多くの共通点があることに気づきます。商業の分野では、電子マネーや暗号資産（仮想通貨）という簡便な決済手段が浸透し、相対的に不便な現金での支払いが減りつつあります。人口に関しては、現代日本では全体として減少している点は全く異なりますが、大都市東京への一極集中という点は似ているといってよいでしょう。そしてインターネットの普及と社会のグローバル化により、これまでの社会的通念や制度が新しい時代に対応できずに逆に足枷のようになってしまっています。これに伴い、日本だけでなく世界各地で新しい社会のあり方を模索する動きが次々に起こっています。まとめてみると、白話小説を取り巻く環境とマンガやライトノベルのそれは非常に似ているといえるのではないでしょうか。

二、白話小説の特徴：現代の娯楽環境との類似

明代後期という時代のイメージが多少なりとも摑めたところで、ここからようやく本題の白話小説について解説していきましょう。ところで先ほどから何の説明もなく「白話小説」と言っ

ています。「小説」は現在使われている意味でほぼ問題ないとしても、「白話」とは何なのでしょうか。まずはその説明から始めましょう。

「白話」とは、簡単にいってしまうと話し言葉のことです。これと対になる語に書き言葉を意味する「文言」という語があります。文言というと聞き慣れない方も多いかもしれませんが、いわゆる漢文のことです。つまり白話は、国語の授業で勉強した漢文とは異なるものなのです。私の感覚を申しますと、白話は現代中国語に比較的近いものです。ですから『三国志演義』や『西遊記』といった白話小説の原文を自力で読みたいと思っている人は、現代中国語を学習することを強く勧めます。ただし白話小説といっても全てが白話で書かれているわけではなく、文言も所々見られますし、関連資料の中には文言で書かれているものもあります。できれば現代中国語と漢文の両方を勉強するのが望ましいです。

話し言葉と書き言葉が異なるといわれても、いまいち腑に落ちない方もいるかと思われます。それはおそらく、今の日本では話し言葉の文字化が当然であるからでしょう。例えばバラエティ番組のテロップでは出演者の発言がほぼそのまま文字として表示されます。しかし、話し言葉と書き言葉の違いは、現在でも日常生活の中に見られます。例えば気の合った友人とソーシャルネットワークでメッセージをやりとりする時の文面と、大学や会社で先生や上司に提出するレポートの文面とでは、言葉遣いが違うはずです。私の経験談ですが、授業で学生にレポートを書かせますと、たまにですがくだけた話し言葉が見受けられます。そのような表現を見かけると、あまりレポートを書き慣れていないのではないかと思う一方で、話し言葉の文字化がいかに強く浸透しているのかを痛感します。

今の日本では話し言葉と書き言葉で重なる部分がかなり多いのですが、実はこのような事態はせいぜい百年ほどの歴史しかありません。そもそも両者は長らく別のものと考えられていました。みなさんは国語か日本史の授業で、明治時代に二葉亭四迷が「言文一致運動」を進めた、という事柄を習ったかと思います。この運動は読んで字のごとく、話し言葉とその表記すなわち文字を同じにしようとする運動です。二葉亭四迷は話し言葉と書き言葉が別物であった現状を改善するべく、両者を一致させる運動を起こしたのです。現在の我々の感覚からすると、話し言葉と書き言葉が違うものであったとは想像しにくいですが、かつては両者が異なっている方がむしろあたりまえだったのです。

（二）挿絵と平易な文章

話が脱線しましたので、本題に戻りましょう。それでは明代後期に出版された白話小説の実際の中身をご覧ください（図１・図２）。ちなみに現在はインターネットが発達しています。昔なら所蔵機関に足を運ばなければ見られなかったものも、公開されているならば画像として簡単に見ることができるようになりました。もちろん本格的に研究するならば実物も手に取る必要がありますが、家にいながらでも確認できる手段ができたことにより、研究の便宜が大いに向上しました。私の章で

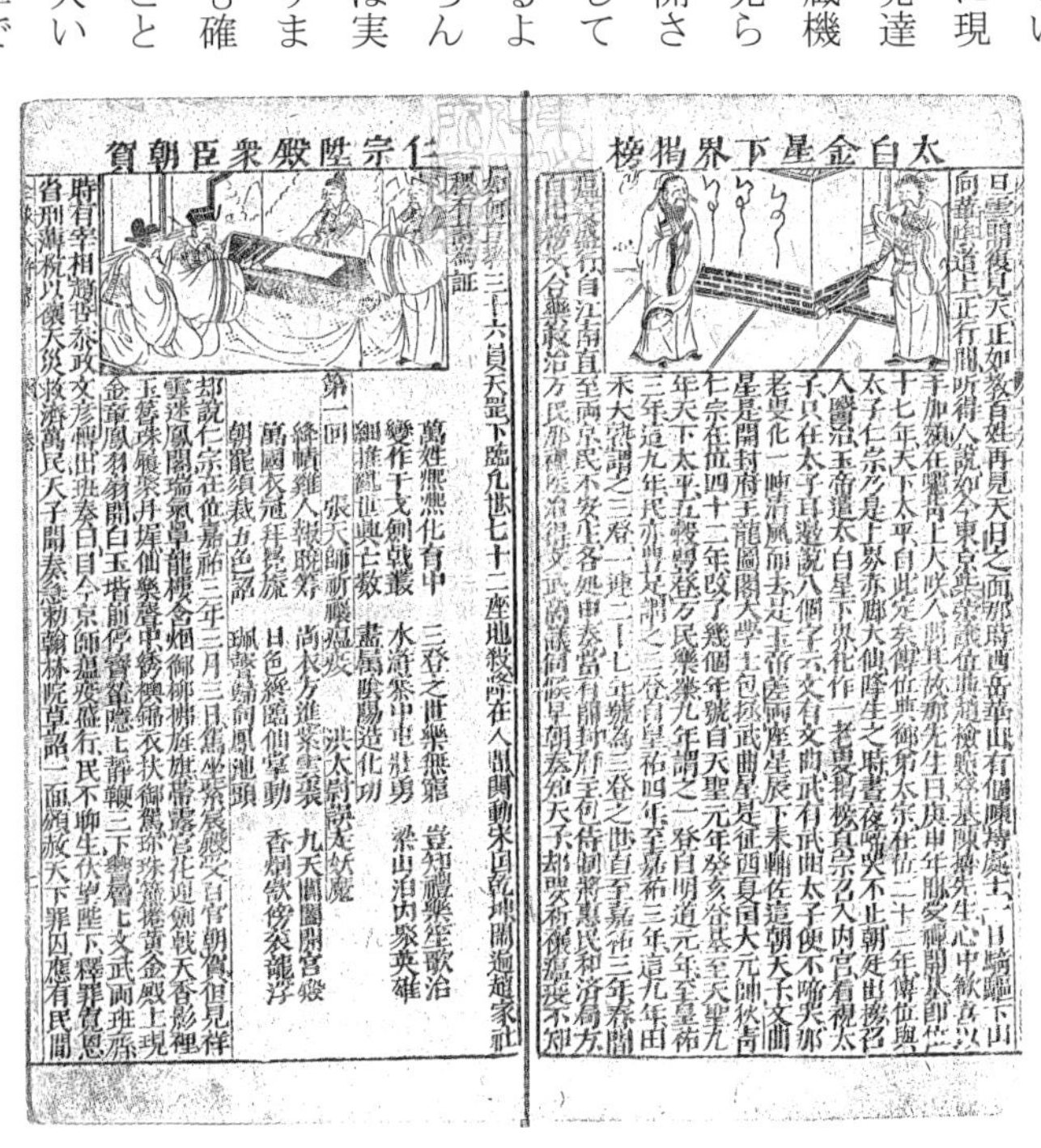

図１　『新刻全像水滸伝』崇禎中富沙劉氏刊本
（東京大学東洋文化研究所所蔵）

の白話小説の図版は全てインターネット上で公開している画像を掲載しました。興味のある方はすぐに確認することができます（「東京大学東洋文化研究所所蔵漢籍善本全文影像資料庫」http://shanben.ioc.u-tokyo.ac.jp/）。

　では実際の版面の中で、まずは最も目を引く挿絵に注目しましょう。図1ではページ上部の小さなスペースにはめ込まれており、図2では一ページまるごと絵に当てられています。いず

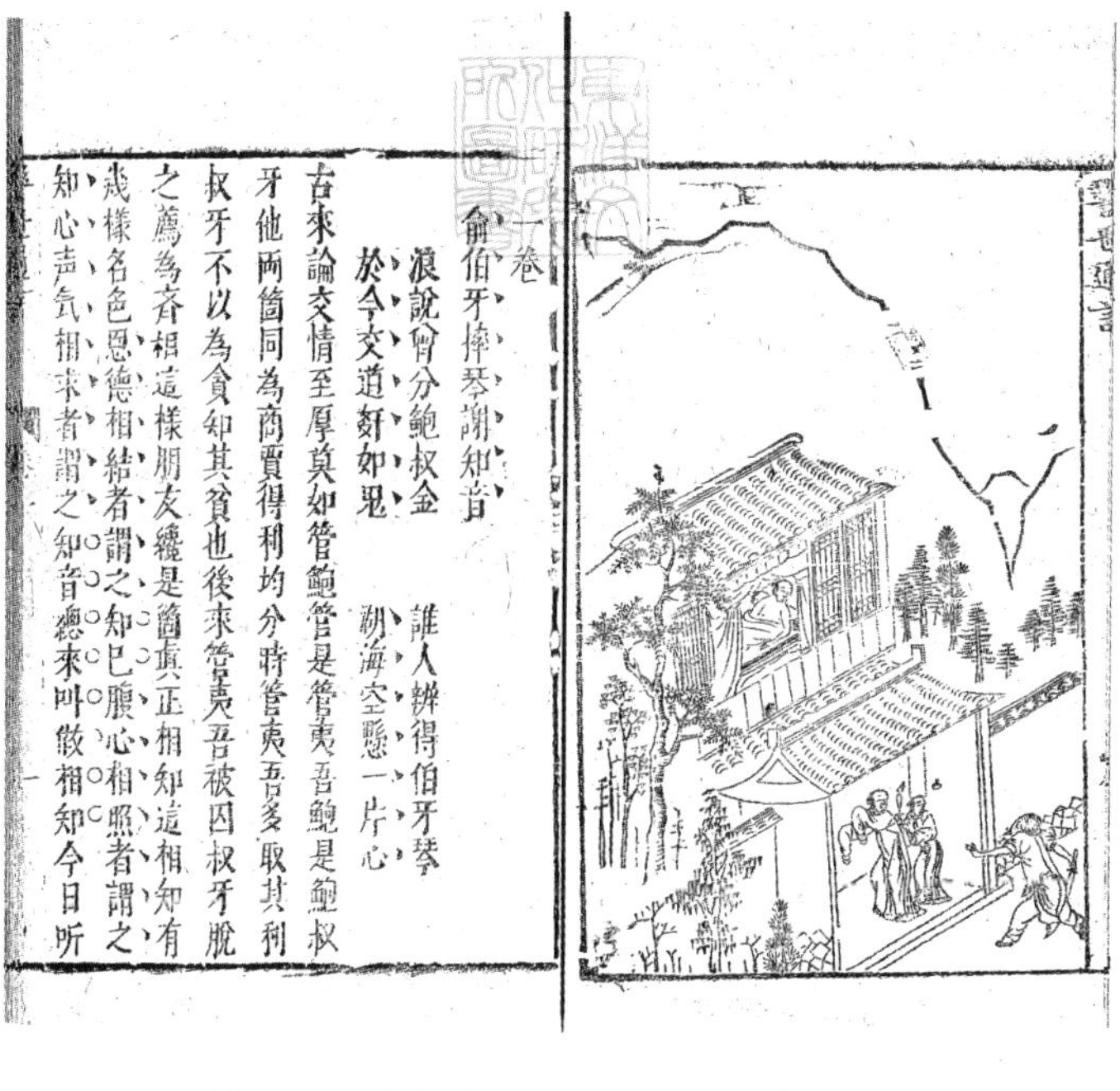

図2　『警世通言』天啓四年序王氏三桂堂刊本
（東京大学東洋文化研究所所蔵）

れにせよ絵の効果は、作品内の情景を図像化することによって読者が内容をより深く理解できるようになる点にあります。ただ文字を追いかけただけでは判然としない細部も、挿絵によって補うことができます。とりわけ描かれているのが空想上の動物や幽霊といった非現実的なものであれば、効果はより高まるでしょう。

それでは当時の人々はこのような絵つきの白話小説をどのように認識していたのでしょうか。次に紹介するのは、金文京『三国志演義の世界【増補版】』（東方書店、二〇一〇年）八二～八四頁で取り上げられている、明末の文章家である陳際泰（ちんさいたい）が子供の頃を回想したエピソードです。

従族舅鍾済川借『三国演義』、向墻角曝背観之。母呼食粥不応、呼午飯又不応。即饑索粥飯皆冷。母捉裾将与杖、既而釈之。母或飲済川酒、「舅何故借而甥書。書上截有人馬相殺事。甥耽之、大廃眠食」。泰亟応曰、「児非看人物、看人物下截字也。已悉之矣」。済川不信也。試挑之、如流水。

〔訳〕母方のおじの鍾済川（しょうさいせん）が『三国志演義』を貸してくれたので、塀の隅でひなたぼっこをしながら読んだ。母が朝ごはんのおかゆを食べなさいと呼んでも答えず、昼ごはんに呼んでも答えなかった。お腹が空いてごはんを食べようとするとすっかり冷めていた。

母は私の裾をつかんで杖で打とうとしたが、許してくれた。母がある時おじに酒を注ぎつつ、「どうしてあの子に本を貸したのですか。本の上の部分に人や馬が殺し合う絵があるでしょう。あの子はその絵に夢中になって、生活のリズムを崩しているのよ」と文句を言ったので、私はすぐさま「僕は人物の絵を見ていたのではなくて、その下の部分の字を見ていたのです。内容はもう全部覚えていますよ」と反論した。おじは信じなかった。そこで試しにしゃべってみると、立て板に水を流すようにできた。

（陳際泰『已吾集』巻八「陳氏三世伝略」）

本に熱中するあまり食事も忘れてしまう子供と、それを叱る母親が描かれています。現代でもありえそうな親と子のやりとりです。さらにここからは、子供だから絵ばかり見ていて文は読んでいないだろうと母親が思いこんでいる様子もうかがえます。マンガ付き学習参考書のマンガの部分だけを見て解説文はほとんど読まない、というのは私が子供のころ身に覚えがあることですし、みなさんの中にも経験がある方が多いのではないでしょうか。頭を使って読まなければならない文よりも、一目で多くを理解できる絵に興味を示すのは、今も昔も変わらない子供の姿なのでしょう。しかし陳少年は普通の子供とは違っていました。エピソードの最後には、文章の内容をすらすらと説明できたと記されています。これは、勉強をしている人からすれば白話小説の文章はすぐに覚えられるほどに易しいということを示しています。

陳際泰のエピソードからは、白話小説にとって絵が重要な要素となっていること、またその文章が比較的容易に理解できることが見えてきます。この二つの特徴ですが、ライトノベルに親しんでいる人ならば気づくかもしれません。いずれもライトノベルの特徴でもあるのです。

まず挿絵は、多くのライトノベルに共通する要素の一つです。より正確にはイラストといったほうがよいでしょう。その大半は日本独自のアニメ的な画法で描かれております。イラストはカバーにも見られるため、書店などで平積みになっていると、マンガと同じくひときわ目を引きます。このようにイラストは作品の印象を強く決定づけます。よってライトノベルにおいては、誰がイラストを描いているのかが時には売上を大きく左右するほど影響を及ぼします。

次に文章が平易である点です。ライトノベルで主な読者として想定されているのは中高生や若者です。よって表現のレベルも彼らが読みこなせる程度のものとなっています。

以上の類似性をふまえると、白話小説は明清版ライトノベルといっても差し支えないでしょう。一つつけ加えると、絵の存在と文章の易しさという二つの特徴は、いわば子供向けということになるので、白話小説にせよライトノベルにせよ世間から低俗な娯楽作品と見なされる要因にもなっています。成長中の子供が熱中するものに学識ある大人がのめり込むのは恥ずかしいことだという認識は、今も昔も日本も中国もなく普遍的な感覚なのでしょう。

（二）批評

続いて文面の方に注目してみましょう（第四章はじめに参照）。こちらの図をご覧ください（図3）。一見して分かるように、本文以外にも多くの記号や文字が確認できます。例えば本文の脇に点（丶）や丸（○）がつけられているほか、上部の枠外にも短い文章が書かれてあります。またよく見てみると、一行の中に比較的小さな文字が二行になって記されている箇所がいくつかあることに気づけたでしょうか。このような本文以外の表記は一括して「批評」と呼ばれています。登場人物の発言や行動に注意を促したり、その内容について補足説明や評価をしたりするものです。現在我々が読んでいる小説は本文だけで構成されているので、白話小説につけられた批評は繁雑に感じるかもしれません。

この批評は白話小説独自のものではありません。もとをたどると科挙の受験参考書、すなわち当時の知識人が科挙の合格を目指して勉強するために読んでいた書物にいきつきます。科挙の参考書では基本的な解説文が記されたうえで、学習上重要なポイントを点や丸で強調し、必要に応じて詳しい解説が加えられています。要するに現代の学習参考書と原理はほぼ同じです。今と昔で学習する内容は違いますが、参考書の形式には普遍性があると思われます。いわれてみれば、白話小説の批評は教科書や参考書への書きこみのように見えてきませんか。

それでは実際に批評を見てみましょう。中には、由来となった科挙の参考書よろしく、かなりの文字数を費やしてストーリーの要点を詳細に語っ

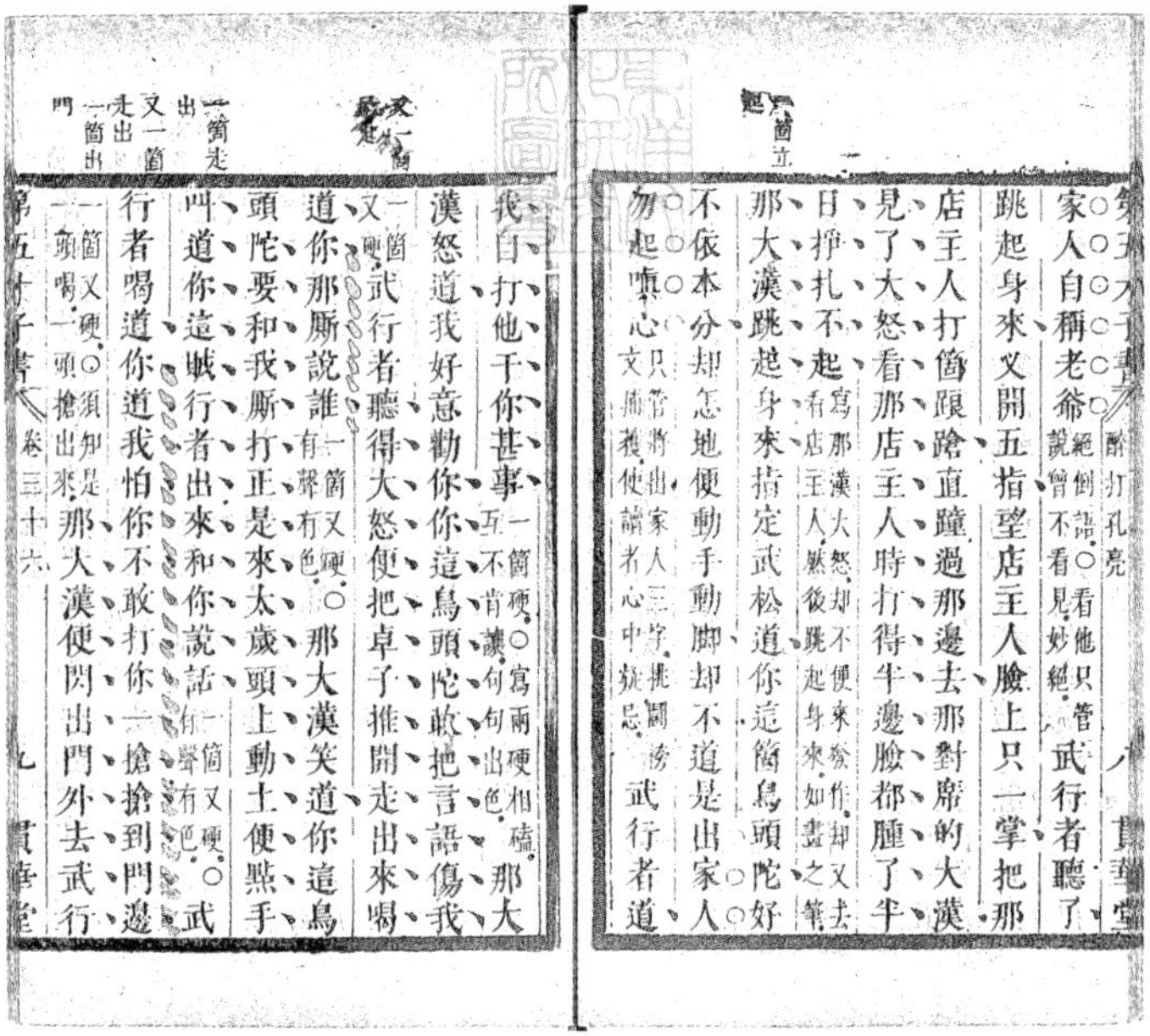
第五才子書 醉打孔亮 貫華堂

家人自稱老爺（絶倒語○看他只管說曾不看見妙絶）武行者聽了跳起身來叉開五指望店主人臉上只一掌把那店主人打箇踉蹌直撞過那邊去那對席的大漢見了大怒看那店主人時打得半邊臉都腫了半日掙扎不起（寫那漢大怒却不便來發作却又去看店主人然後跳起身來如畫之筆）那大漢跳起身來指定武松道你這箇鳥頭陀好不依本分却怎地便動手動脚却不道是出家人○○○勿起嗔心（只管將出家人三字挑鬪文情使讀者心中焦急）武行者道

我自打他干你甚事（一箇硬○寫兩硬相磕互不肯讓句句出色）那大漢怒道我好意勸你你這鳥頭陀敢把言語傷我（一箇又硬）武行者聽得大怒便把桌子推開走出來喝道你那廝說誰（一箇又硬○有聲有色）那大漢笑道你這鳥頭陀要和我廝打正是來太歲頭上動土便點手叫道你這賊行者出來和你說話（一箇又硬○有聲有色）武行者喝道你道我怕你不敢打你一搶搶到門邊（一箇又硬○須知是一頭喝一頭搶出來）那大漢便閃出門外去武行

第五才子書 卷三十六 貫華堂

図３　『第五才子書施耐菴水滸伝』順治中貫華堂刊本
（東京大学東洋文化研究所所蔵）

た、まさに批評といえるものもあります。しかし時には次のようなものもあります。図３の上部の枠外に書かれているものです。字が少し滲んでいますが、

一箇立起　〔訳〕一人が立ち上がった

又一箇立起　〔訳〕また別の一人が立ち上がった

その場の状況をただ説明しただけのものです。より正確に言うならば、ヤジやツッコミといった程度のものでしょうか。読み飛ばしてもほぼ差し支えありません。私の実体験ですが、白話小説の本文を読んでいる時にこのような他愛のない批評を見ると、ついクスッと笑ってしまうことがあります。

白話小説では批評があることにより、本文を読みながら同時に第三者である批評者の見方も楽しむことができます。このように作品とその批評を同時に享受する仕組みとまとめてみると、現代のとある娯楽コンテンツと似ていることに思い至ります。それはYouTubeやニコニコ動画のような動画共有サービスです（図４）。その仕組みはというと、投稿者が投稿した動画に対して、視聴者は任意にコメントを加えることができ、別の視聴者はそのコメント込みで動画

を楽しむことができる、という形式になっています。ここで表れるコメントはほとんどがヤジやツッコミ程度のものにすぎませんが、ただ動画を楽しむだけでなく、擬似的ですが他の視聴者と一緒に楽しんでいる感覚も得られます。

　明清時代の白話小説と現代の動画共有サービスでは、一見すると共通点が全くなさそうに思えます。しかし要素を抽出してみると、作品の楽しみ方はほぼ同じでした。これは娯楽作品の享受という一般的なテーマを考えるうえで興味深い事実だと思われます。

　批評に関して一つ補足しますと、白話小説の批評には、とある人物が書いたと題するものが多く確認できます。その人物とは、先ほど特異な思想家として取り上げた李卓吾です。ただし実のところその大半は偽物で、出版元が別人の批評に李卓吾の名を冠したにすぎ

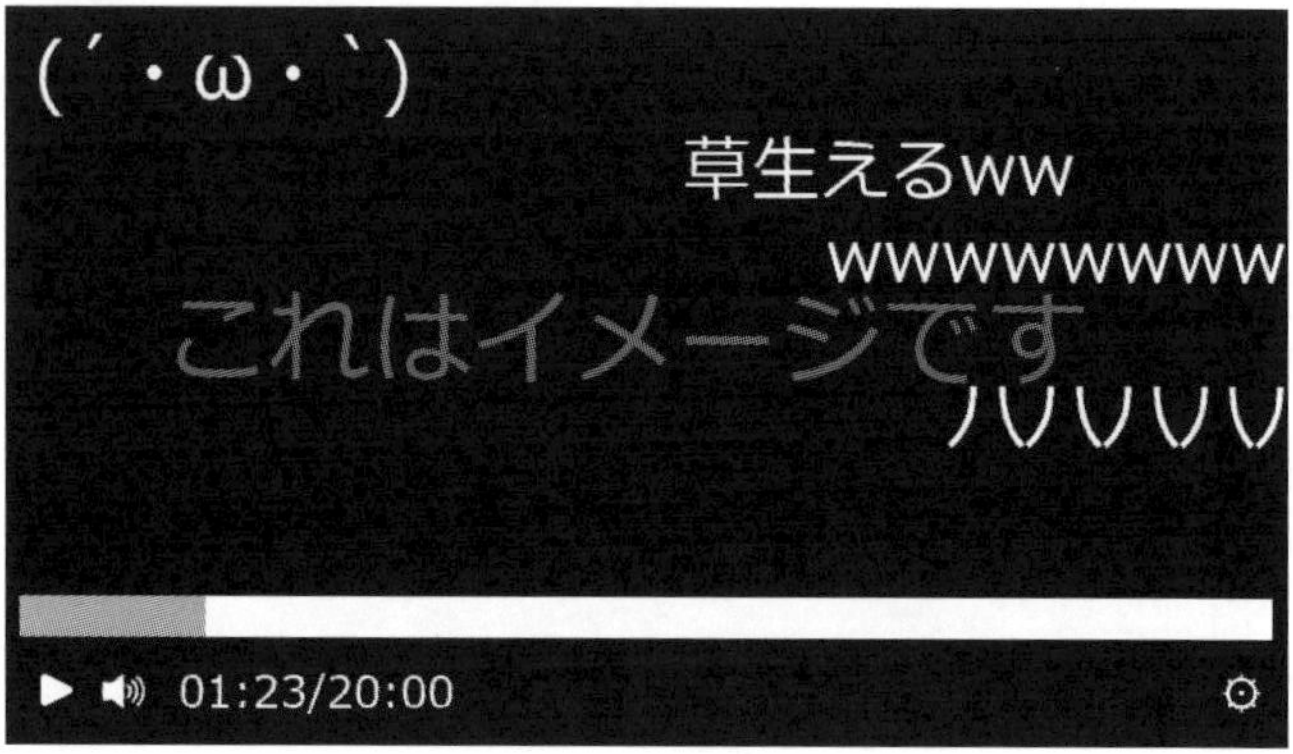

図４　動画共有サービスのコメント表示例

ません。このような大量の偽の李卓吾批評の存在は、当時李卓吾がいかに絶大な人気を博していたのかを証明してくれます。

(三) メディアミックス

続けて、明代後期の人々の娯楽環境について解説します。

すでに述べたように白話小説は娯楽作品と見なされていましたが、明代後期の娯楽環境をふまえてみると、実は数あるメディアのうちの一つにすぎません。しかも全体から見るとかなりの少数派でしかありません。その原因は識字率に求められます。現代の日本では識字率はほぼ百パーセントといってよいでしょうが、明代後期に文字の読み書きができるのは官僚や商人など文字教育に支出ができる富裕層に限られていました。当然のことですが、文字が読めなければ小説は読めません。また書籍の値段も現在とは違ってかなり高いものでした。つまり白話小説は比較的裕福な層のための高価な娯楽作品だったのです。

それでは当時の多くの人々はどのようにして娯楽作品を享受していたのでしょうか。その主な供給源は、戯曲や講談など実演を主とする口頭芸能なのです。先ほど人口移動の話をした際に、余剰人口を抱え込んで大都市ができたと説明しました。その大都市には口頭芸能を供する娯楽施設が数多くありましたし、さらには道端で実演されることもありました。現在ならば映画やお笑いライブに行くのと同じような感覚で、または大道芸や弾き語りなど路上パフォーマンスを見るような感覚で、当時は戯曲や講談を楽しんでいたのだと考えられます。

作品と接するのに多種多様なメディアがあるというのは、むしろ現代社会の方が実感しやすいでしょう。例えば、あるライトノベルが人気になると、マンガ化されたりアニメや映画といった映像作品になったりと、異なるメディアに進出します。作品外の展開としては、イベントの開催や関連グッズの発売などもその普及に一役買っています。つまり現代では一つの作品はそれのみで完結しているのではなく、複数のメディアを自在に横断するメディアミックスというかたちで私たちの耳目に供されているのです。

（四）話芸の文字化

最後に白話小説のスタイルについて、少し内容にふみこんで解説しましょう。。白話小説は話し言葉で書かれたものだと述べましたが、正確に言いますと、口頭芸能である講談における講釈師の語り口をできるだけそのまま文字化したという形式になっています。次に挙げる白話小説の一節をご覧ください。

看官、你道為何説這「王奉嫁女」這一事。只為世人但顧眼前、不思日後、只要損人利己。豈知人有百算、天只有一算。你心下想得滑碌碌的一条路、天未必随你走哩、還是平日行善為高。

〔訳〕みなさま、なぜこの「王奉の嫁やり」の話をしたのかとお尋ねでしょうか。それはと言いますと、人間というのは目先のことばかり考えて後々の事は考えない、他人に損をさせ自分だけ得をしようとするものです。ですが人間がいくらあれこれ考えても、お天道さまの心は一つに決まっております。たとえ楽をしてズルをしようとしても、お天道さまはお認めにならず、日々こつこつと善行を積んでいる者にこそ報いられるのです。

（『醒世恒言（せいせいこうげん）』巻一「両県令競義婚孤女」）

ここに書かれているのは、講釈師が聴衆に対して説明している現場です。当然ですがストーリーとは関係ありません。白話小説はこのような実演の場でのやりとりまでも書き入れることによって、講釈師の講談を忠実に再現しているのです。先ほど白話小説の批評について取り上げましたが、これも実際の講談中に聴衆が飛ばしたであろうヤジやツッコミを再現したものといえるでしょう。

ではなぜこのような形式になっているのでしょうか。当然のことですが、講談は演じられる場に居合わせないと楽しむことができません。しかし用事など様々な理由により、必ずしも自分の都合のよい時に講談を楽しめるわけではありません。つまり白話小説は「演芸場に行かなくてもいつでも講釈師の話芸を楽しめる」という娯楽の新しいかたちを提供するものであり、その利便さゆえに明代以降に流行したのだと思われます。

このような講談と白話小説の関係は、映画と映像ソフトの関係を思い浮かべると理解しやすいでしょう。映画は設備の整った映画館で決められた時間に上映されます。ですから映画館に足を運ぶ必要がありますし、仕事や用事などによっては必ずしも自分の好きなタイミングで見られるとは限りません。一方映像ソフトは、場所も時間も問わず自分の都合に合わせて鑑賞することができます。

白話小説にせよ映像ソフトにせよ、講談や映画と品質は全く同じではありません。講釈師の声の抑揚や間の取り方、大きな画面や迫力ある音響など、現場でしか味わえない要素がいくつか犠牲になっています。それでも本来ならば場所も時間も限られている娯楽を気軽に手元で楽しめる利点があるからこそ、娯楽メディアの一つとして社会に浸透したのだと思われます。

話芸という点に関してもう一言付け加えますと、白話小説のスタイルは落語や講談といった現代の日本の口頭芸能のそれとかなり似ています。私がまだ学生だった頃の経験談ですが、とある研究会で落語を趣味としている先生から話をうかがって蒙を啓かれた覚えがあります。白話小説を読んでみたいと考えている方は、落語や講談なども嗜んでおくと、より楽しく作品を楽しめることでしょう。

以上で述べてきたことをまとめましょう。明代後期の白話小説やそれを取り巻く環境を、挿絵と平易な文章・批評・メディアミックス・話芸の文字化の四点に着目し、その特徴を解説しました。そしてそれぞれにおいて現代日本の娯楽作品やそれをめぐる環境といくつもの類似点を見出すことができました。やや極論かもしれませんが、マンガやライトノベルが好きだという方は、明清白話小説に取り組んでみると、意外と抵抗なく楽しめるかもしれません。現代中国語や漢文をきちんと学習する、という前提条件はつきますが。

三、『水滸伝』：白話小説の先駆者

白話小説の全体的な特徴については理解していただけたと思いますので、ここからは個別の作品についてより詳しく見ていきましょう。しかし紙幅には限りがあり、全ての作品について解説することは到底できません。そこで私が主な研究対象としている『水滸伝』を例として取り上げます。以下は私の見解なのですが、『水滸伝』は白話小説の創成期において重要な役割を果たした作品であり、『水滸伝』について理解できれば白話小説の性質をかなり把握できるようになるでしょう。

まずは全体のストーリーを簡潔に紹介しましょう。時は北宋末期、宋江ら百八人の好漢は数奇な運命に翻弄された結果、堅気の生活をおくれなくなり、梁山泊というならず者の巣窟に集結します。その後朝廷からの誘いを受け国軍として編入された彼らは、北方の遊牧民勢力である遼と南方の方臘率いる反乱軍を相次いで撃破します。しかし方臘との戦いの過程で仲間の多くが死亡し、さらに功績を妬む高俅ら朝廷の奸臣がめぐらせた陰謀により宋江も毒殺されてしまいます。

梁山泊に集結するまでの過程を「数奇な運命」と一言でまとめてしまいましたが、ここには「智取生辰綱」や「武松打虎」といった単体で十分に完成されたエピソードが満載されています。したがって、『水滸伝』の醍醐味は権威にとらわれない個々の豪傑の武勇伝が展開される梁山泊集結までの部分にあり、既存の権威である朝廷の手先に成り下がった後の部分は蛇足にすぎない、と主張する人もいます。確かに一つひとつのエピソードの面白さという観点で評価するならば、梁山泊集結以前の部分の方に軍配が上がります。集結以後の部分は読んでいてやや退屈に感じる、というのが私の正直な感想ですし、大半の読者の見解でもあるでしょう。しかし『水滸伝』の白話小説としての重要性については、梁山泊集結以後の部分も含めて全体として考えなければなりません。なぜこのようにいえるのか、三点に分けて解説していきましょう。

コラム①　智取生辰綱

北京大名府（今の河北省邯鄲市大名県）太守の梁中書は、都の開封にいる宰相であり義理の父でもある蔡京に十万貫もの誕生日祝いの財宝（生辰綱）を送ろうとします。しかし前の年に送ったものは、途中で盗賊に奪われてしまいました。そこで今回は護送の責任者として、目をかけていた優秀な軍人楊志を抜擢します。楊志は財宝の運搬に当たり一つ工夫をこらします。財宝を担ぎ荷として小分けにし、人足に扮装させた護送兵たちに担がせることで盗賊の目を欺こうとします。

一方この生辰綱を奪おうと企む晁蓋は、協力者である知恵者の呉用の計略を用います。まず行商人に扮装して、偶然を装って楊志らと接触します。そして一瞬の隙をついて痺れ薬を飲ませ、見事に生辰綱を奪い取ります。

生辰綱を奪われまいとする楊志の用心深さ、その厳しい警戒の隙を巧みにつく呉用の知恵。両者の駆け引きが鮮やかに描かれている名場面です。またこの時点では対立していた楊志と晁蓋・呉用は、後に梁山泊に加入し共に協力することになります。

コラム②　武松打虎

武松は故郷へ帰る途中、景陽岡という山に凶暴な虎が出没するという話を聞きます。しかし旅人を怖がらせるための嘘だとして相手にせず、しかも酒をたらふく飲んで酔っ払った状態で景陽岡に登っていきます。するとその虎とばったり出くわしてしまいます。武松は酔いも一瞬で覚め、護身用の棍棒で応戦します。棍棒が折れてしまうと、今度は素手で虎と格闘し、最後にはその腕力で虎を殴り殺してしまいます。

虎と遭遇するまではコメディータッチで描かれていますが、虎との死闘の場面は一変して手に汗握る臨場感にあふれています。前後のコントラストが絶妙であり、『水滸伝』の中でも屈指のエピソードです。

（一）歴代の英雄の参入

まずは百八人の構成について注目します。『水滸伝』に限らず長編白話小説には多くの人物が登場します。より正確に言うと、登場人物が多すぎるきらいがあります。例えば私の知り合いには、『三国志演義』を読み始めたけれども人物の多さとその複雑な関係が把握しきれず途中で挫折してしまった、という人が何名かおります。みなさんの中にも経験者がいるかもしれません。『水滸伝』では主人公側の中心人物だけで百八人という、類のない多さになっています。もちろん百八人の全員が個性をもって描かれているわけではありません。例えば兄弟なので二人と数えるといったような水増しが指摘できます。ただしこの水増し法の一つに『水滸伝』の性質の一端が隠れています。それは歴代の英雄のコピーです。

百八人の好漢にはそれぞれあだ名があり、その人物の性格や特徴をある程度把握することができます。わかりやすいところでは、「九紋竜」や「挿翅虎」など竜や虎といった勇猛な動物を入れることで力強さを表しているものがあります。注目したいのは、次に挙げる八つのあだ名です。

小覇王　小李広（りこう）　小温侯　豹子頭　美髯公　病関索（かんさく）　病尉遅（うっち）　賽仁貴（さいじんき）

この八つはいずれも過去の英雄にあやかったあだ名です。この背後にある英雄が全てわかる人は、かなりの中国歴史通といえるでしょう。「覇王」は秦漢交替期に劉邦と争った項羽のことです。漢文の授業で両者の対決の名場面「鴻門之会」や「四面楚歌」を読まれた方も多いでしょう。「李広」は漢代の将軍で、弓の名人として知られています。続いて三国志の英雄が四人います。「温侯」は呂布のことで、董卓を成敗した功績で賜った官職名に由来しています。「豹子頭」は豹のような勇ましい顔つきの張飛、「美髯公」は長く美しい髭をたくわえていた関羽を指しています。「関索」は架空の人物ですが、関羽の子という設定で、芸能の世界では長らく語り継がれてきた英雄です。そして「尉遅」は隋唐交替期に活躍した尉遅敬徳、「仁貴」は唐代の薛仁貴のことです。この八名は芸能の世界でよく取り上げられる英雄で、明代後期の小説や戯曲作品を調べてみると簡単に探し出すことができます。つまり当時『水滸伝』を好んで読むような人ならばほぼ熟知している英雄たちなのです。ちなみにそれぞれの語頭に冠された「小」は「〜もどき」、「病」は「〜に傾倒している」、「賽」は「〜に勝る」というような意味です。

『水滸伝』における過去の英雄の取り入れ方は、あだ名のほかにもう一つあります。それは英雄の血を直接受け継いだ子孫を作品中に登場させることです。『水滸伝』では三名確認できます。一人は関勝で、「美髯公」のあだ名でも使われていた関羽の子孫です。三国志を代表する英雄の関羽は、その高潔な生き様から中国では昔から神様として崇められてきましたし、その信仰は現在も続いています。今や世界各地に形成されている中華街には、関羽を祀った関帝廟がよく見られます。日本では横浜のものが有名です。『水滸伝』においてあやかった人物が二人も登場するのは関羽だけです。『水滸伝』が流行した明代後期においても関羽の人気が格別であったことがうかがわれます。

残りの二人は、楊家将（ようかしょう）の末裔である楊志と、呼延賛（こえんさん）の子孫である呼延灼（こえんしゃく）です。楊家将は数世代にわたって英雄を輩出した名門であり、呼延賛とともに北宋建国期に活躍しました。あだ名で紹介した英雄と同様に、楊家将も呼延賛も芸能の世界でよく取り扱われている英雄であり、明代後期の『水滸伝』読者層ならば誰でも知っているような人物です。

あだ名と子孫において歴代の英雄が登場することから見えてくるのは、『水滸伝』の百八人には過去の英雄たちが一堂に会するという魅惑的な演出がなされていることです。当然のことですが、時代の違う英雄は同じ場に居合わせることができません。しかし虚構の世界では可能です。項羽と関羽が戦ったならばどちらが強いのか、もしくは項羽と関羽が同じ陣営に属していたならばどれほど強力な軍になるだろうか。このように想像をたくましくするのは幼稚な印象はあるものの、非常に心躍るものです。

野球やサッカーが好きな方にお聞きしますが、スター選手でドリームチームを結成するという試みは一度はやってみたことがあるのではないでしょうか。野球ならば王貞治や長嶋茂雄といった往年の名選手がいますし、前田健太や大谷翔平など現役の選手もいます。大リーグも含めてよいならば、殿堂入りのベーブ・ルースやサイ・ヤングも候補に挙がるでしょう。またサッカーならばペレやマラドーナといった伝説的な名選手がいますし、クリスチャーノ・ロナウドやメッシなど現役最高峰の選手も候補に入ります。候補者は何人も浮かんでくるでしょうが、チームの人数には限りがあります。誰を入れて誰を外すのか。贅沢すぎる悩みですが、あれこれ考える時間こそが至福のものでしょう。

話を『水滸伝』に戻しましょう。『水滸伝』には魯智深（ろちしん）や武松といった特有の豪傑がいます。彼らの際立った個性により、梁山泊の威容は十分に伝わってきます。そこに歴代の英雄が加わることにより、その威容はより一層増幅されるのです。いわば時空を超えたオールスター集結といえるでしょう。当時の読者が『水滸伝』を読み進める過程で、梁山泊によく知っているあの英雄も加わった、と心躍らせる効果が認められるのです。

ただし一つ補足しますと、歴代の英雄にあやかった人物の多くは目立った活躍を見せません。それは彼らが『水滸伝』の核心的な存在ではなく、百八人という数を揃えるために急遽こしらえられたからだと思われます。よって梁山泊のオールスター性というのも、ある程度差し引いて考える必要があるでしょう。

コラム③　楊家将

北宋初期に活躍した楊継業（ようけいぎょう）・楊六郎父子を中心とする一族で、芸能の世界では現在に至るまで人気のある英雄たちです。建国まもない宋に忠誠を誓い、孟良（もうりょう）や焦賛（しょうさん）といった優秀な配下を従え、北方の強国である遼を破るという華々しい功績を立てます。しかし一方で藩仁美（はんじんび）や王欽（おうきん）といった奸臣から目の敵にされて、命を落としてしまう者も現れるという悲劇性も兼ね備えています。

（二）類型的な人物像

次に人物像について考えてみましょう。百八人の中には、先ほど触れたような明らかに数合わせとしか思えない者がいる一方で、魯智深や武松など『水滸伝』を代表する個性的な人物もいます。ここでは宋江と魯智深の二人を取り上げ、その人物像に焦点を当ててみましょう。

まずは梁山泊の頭領である宋江です。宋江は、様々な理由で堅気の世界で生きられなくなった百七人もの個性的な好漢を従える指導者です。これだけ聞くと、ヤクザの大親分のような威厳のある恐ろしい人物を思い浮かべるかもしれません。しかし宋江は力強さや豪放さとは全く正反対の、人徳ある温和な人物として描かれています。困っている人がいたら手を差し伸べずにはいられないし、その援助のためならば金も惜しみません。覇気こそありませんが、人を惹きつける魅力に富んだ人物なのです。

このような人徳のあるリーダーというのは、実のところ当時の芸能の世界ではステレオタイプ的な人物像なのです。例えば『三国志演義』の劉備や『西遊記』の玄奘（げんじょう）三蔵法師がこれに該当します。いずれの人物も思いやりにあふれる性格なので、部下から厚く信頼されています。一見すると非の打ち所が無いように見えますが、一つ大きな欠点も抱えています。それは意固地になって我を通すとその行為が裏目に出て窮地に陥ってしまうことです。例を挙げると、『水滸伝』の宋江は友人花栄（かえい）の忠告を聞かずに元宵節の灯籠見物に出かけたところ、前にトラブルを起こした相手と出くわして捕まってしまいます。『三国志演義』の劉備は義弟である関羽の仇をうつため、信頼する軍師諸葛亮（しょかつりょう）の諫言を振り切って呉と戦いますが、大敗を喫してしまいます。『西遊記』の玄奘三蔵法師は孫悟空の悪行（実は妖怪を退治しようとしての行為）を咎めて破門すると、その隙を妖怪に付け込まれて捕まってしまうことが度々あります。このように他の作品と並べてみると、『水滸伝』の宋江がいかに芸能の世界での暗黙の了解を踏襲した存在であるか、おわかりいただけるかと思います。

続いて魯智深の人物像を見てみましょう。ある時義憤に駆られて悪人を懲らしめようとしますが、勢い余って殴り殺してしまい、身を隠すために五台山という名刹で出家します。もちろん形だけの出家ですので、酒好きの性格が災いして二度も泥酔して暴れたために、寺を追い出されて梁山泊へと流れ着きます。宋江の下では持ち前の怪力を活かして主に戦場で奮闘し、方臘との戦いでは首魁の方臘を捕まえるという大手柄を立てます。

魯智深は、見た目こそ仏僧ですが、腕っ節が強く酒が好きで人情に厚い、まさに豪傑という語を体現している人物です。仏僧と豪傑、一見すると全く結びつかない二つの要素が奇妙なかたちで同居している点に、魯智深という人物の魅力があるように思われます。しかしこのような豪傑僧という人物像は決して『水滸伝』独自のものではなく、他の作品の中にも登場しているのです。ここでは例として、先ほど過去の英雄を説明したときにふれた、楊家将の作品群に登場する楊五郎を挙げましょう。

楊五郎はとある戦場で一緒に戦っていた兄弟と離ればなれとなり、単身五台山に落ち延びて出家します。しかし義侠心に富む性格から、宋の将軍である弟楊六郎が窮地に陥ると、山を下りて事態を打開すべく尽力します。楊家将の主力ではないのですが、絶望的な状況になると現れて事態を好転させてみせます。魯智深と同様に要所で目覚ましい活躍をするので、独特の存在感を醸し出している人物です。

ここまで『水滸伝』を代表する登場人物である宋江と魯智深の人物像を見てきました。しかしその人物像は完全に独特のものではなく、他の作品の登場人物とある程度の共通性を見出だせました。単純に考えるとＡがＢを参照したというように一方的な影響関係を想定しがちですが、当時の芸能のあり方を考慮すると全く別の関係が想定できます。

講談や戯曲で演じられる作品は数多くありますし、それぞれの作品で多くの人物が登場します。ここで登場人物の一人ひとりを個性づけてしまうと、全てを把握しきれなくなる恐れがあります。情報があまりに繁雑になってしまうと、講談や戯曲を楽しめなくなってしまいます。そこで主な登場人物像をあらかじめ何種類かに類型化しておくことで、理解の効率化を図ったのではないでしょうか。

宋江で具体的に説明しますと、まず「時に感情的になるが人徳あるリーダー」という土台が適用され、そこに梁山泊の頭領など独自の要素が付け加えられて「宋江」という人物ができあがります。この土台は使い回しが可能なので、劉備や玄奘三蔵法師については別の独自の要素のみ覚えればそれぞれの人物像の把握が可能となります。つまり共通項をあらかじめ設定しておくことによって覚えるべき要素が格段に減り、同時に独自の要素も把握しやすくなるのです。

　このような人物像のあり方は、現在のマンガやライトノベルの分析でよく使われる「キャラクター」と通じるものがあると思われます。キャラクターとは、あらかじめ共通認識として設定されている人物像の土台のことです。例として「ツンデレ」という、おそらく最も認知度の高いキャラクターを取り上げましょう。本心では相手が好きなのだけれども本人の前では素直になれずについ冷たい態度をとってしまう性格の人物を指します。個別の作品の登場人物としては様々なディテールが付け加えられて具体化されるのですが、受け手はその人物をまず「ツンデレ」と認識することで、作品中における大まかな役回りを容易に把握できるのです。

　余談ですが、清代に一世を風靡した白話小説の名作『紅楼夢（こうろうむ）』は、名門出身の男の子賈宝玉（かほうぎょく）と彼を取り巻く様々な女性との関係を描いた作品であり、俗に中国版『源氏物語』と称されています。そのメインヒロインの一人である林黛玉（りんたいぎょく）は、賈宝玉が好きだがついつれない態度をとってしまう女の子で、まさに「ツンデレ」です。このように現代風なキャラクターづけをしていくと、古典作品である『紅楼夢』も気楽に読めるかもしれません。

(三) ストーリーの成立

それでは『水滸伝』のストーリー構成について考えてみましょう。先ほど全体のストーリーを簡潔に紹介しました。梁山泊集結までは義士銘々伝と一言でまとめられるのですが、集結後の展開について要素を抽出すると、以下の三点が指摘できます。

一：朝廷への忠義
二：強大な軍事力によって敵対勢力との戦闘に勝利する
三：朝廷内で暗躍する奸臣に妬まれて、悲惨な最期を遂げる

宋江は事あるごとに、朝廷への忠誠心を表明します。また宋江を頂点とする梁山泊集団は強い結束力ゆえに優れた軍事力を発揮し、遼や方臘との戦いでは勝利を収めます。しかしその強大な軍事力と多大な功績は、高俅ら奸臣にとっては自分たちの地位を揺るがす脅威として映りました。一方で宋江は朝廷への忠義を愚直なまでに示すのみで、政治的な保身は全くできませ

ん。それゆえに奸臣の計略によって毒殺されるという最悪の結末を迎えてしまいます。『水滸伝』は悲劇で幕を閉じるのですが、その悲劇性は強すぎる軍事力と低すぎる政治力という極端な不均衡からもたらされたと考えられます。

このような悲劇の構図は、実のところかなり普遍的なものであり、古今東西の歴史や作品を見渡してみると同様のものは容易に見つけることができます。例えば日本の武将源義経の生涯がこの構図に合致するといえるでしょう。義経は平家との戦いでは華々しい戦功を立てましたが、兄の頼朝に疎まれて最後には命を奪われてしまいました。実力と待遇が噛み合わない義経の運命への共感は、今でも歌舞伎などの芸能で義経の演目が演じられていること、また義経への同情に由来する「判官贔屓（ほうがんびいき）」という言葉（「判官」とは義経のこと）が今も使われていることから垣間見られます。

さて現在確認できる『水滸伝』のストーリーは、いつごろどのようにしてできあがったのでしょうか。ここで『水滸伝』成立以前の状況について説明しましょう。明代に白話小説として流通する前にも、梁山泊の豪傑たちの活躍は講談や戯曲といった口頭芸能によって演じられていました。この前史といえる段階において、梁山泊とその周辺を舞台とする個々の豪傑の武勇談はいくつも見られるのですが、朝廷と関わる内容は後日談程度のごく簡潔な記載しか確認できません。つまり『水滸伝』の梁山泊集結までの部分は前史との連続性が確認できるのですが、集結以後の部分は前史とは断絶しているのです。このままでは『水滸伝』の成立について半分しか説明できません。集結以後の部分はどのようにして成立したのか、前史を紐解くだけでは答えることは不可能です。

ここで少し視線を変えてみましょう。同じ『水滸伝』前史の段階における他の芸能作品に注目してみます。すると先ほど挙げた三点の要素を全て備えた作品群が二種類あることが確認できます。一つはこれまでも触れた北宋初期を舞台にした楊家将を扱った作品群、もう一つは南宋初期の名将岳飛（がくひ）を題材にした作品群です。楊家将も岳飛も朝廷に絶対の忠誠を誓った人物です。その配下には全幅の信頼を寄せる焦賛や牛皐（ぎゅうこう）といった猛将がおり、また強力な私兵も抱えていました。その強力な軍事力を巧みに用いることで、北方の強大な遊牧民勢力の遼や金との戦いで圧倒的な勝利を収めます。ちなみに当時の歴史的事実を考えると、宋は軍事的に遼や金に対抗できませんでした。史実とは全く正反対の顛末が描かれるのは、せめて虚構の世界で溜飲を下げたかったからでしょうか。ともかく敵対勢力を撃退するという輝かしい功績をあげた楊家将や岳飛ですが、朝廷内にはそれを快く思わない者がいました。王欽や秦檜（しんかい）といった奸臣です。彼らが英雄を排除するために悪辣な策略を弄した結果、楊継業や岳飛は処刑されてしまい、楊六郎は処刑される寸前まで追い詰められてしまいました。楊家将の作品群も岳飛の作品群も英雄の誇らしい武勇譚とそれとは釣り合わない悲劇の両極端の要素が備わっていたため、当時の人々から広く好まれた演目でした。

コラム④　岳飛

南宋初期に活躍した名将で、楊家将と同様に芸能の世界では題材によく取り上げられる英雄です。金の南侵に脅かされて不安定な南宋の朝廷に絶対の忠誠を貫き、牛皐など個性的な部下と共に金を撃破しますが、朝廷内で暗躍する秦檜の謀略によって非業の死を遂げます。優れた武功と悲惨な最期との対極性が今もなお人々の心を惹きつけているのでしょう。

楊家将と岳飛の作品群が備えている構造を踏まえたうえで、改めて『水滸伝』の成立について考えてみましょう。『水滸伝』前史の段階で、梁山泊の豪傑に関しては武勇伝が散発的に語られているだけでした。一方で同時期の他の芸能作品では、楊家将や岳飛のような宋代を舞台とする英雄の作品群が人気を博していました。ただしこの時点では梁山泊の作品群と楊家将・

岳飛の作品群との間に接点は生じていません。では何が両者を結びつけるという斬新な発想に繋がったのでしょうか。それは娯楽のための書籍という明代に新たに登場したメディア「白話小説」にほかなりません。常識に囚われない発想というのは、既存の分野よりも新しいジャンルで開花しやすいものです。奇しくも宋代という舞台が共通したことにより、梁山泊の作品群に楊家将や岳飛の作品群の構造を組み込むという発想が生まれ、最終的に『水滸伝』として完成したと考えられます。

ここまで見てきたように、人物像という小さな設定からストーリーの骨格という大きな枠組まで、『水滸伝』の各所には他の芸能の要素が借用されています。したがって『水滸伝』の白話小説史における意義は、一方では独自性を数多く保ちながら、他方では他の芸能の要素を貪欲に取り入れ、しかも両者を絶妙なバランスで配合したところにあるのです。もちろん作品というものはゼロから作られるものではなく、既存の要素を何らかのかたちで取り入れるものです。しかし『水滸伝』はこれまでにないほど大胆にかつ大量に取り入れつつも、なお一つの独立した作品として成り立っているのです。

このような娯楽作品の創作方法は、現代日本のマンガやライトノベルでも見られます。既存の要素に大きく依存した作品制作は、成功すれば「パロディ」などとして高く評価されますが、往々にして独創性に乏しいと批判されがちですし、場合によっては単なる模倣や盗作と非難されることもあります。しかし既存のものを活かしつつもその組み込み方によって独自の価値を創造できるのであれば、新たな娯楽として非常に有意義だと思われます。

最後に少し補足をします。『水滸伝』は楊家将や岳飛の作品群の骨格を取り入れたと説明しましたが、『水滸伝』が人気作品になると、今度は岳飛の作品群の方が『水滸伝』を取り入れるという逆転現象が起こります。岳飛の作品群の舞台である南宋初期は、『水滸伝』の舞台である北宋末期の直後に当たります。そのため清代に出版された小説『説岳全伝』では、梁山泊の好漢の子孫が岳飛の下で活躍するという工夫が取り入れられました。

『水滸伝』の要素は近年の娯楽作品にも利用されています。武侠小説作家として有名な金庸（きんよう）の長編『射鵰英雄伝』の主人公郭靖（かくせい）は、梁山泊百八人の好漢の一人郭盛（かくせい）の末裔という設定です。新たな創作人物に感情移入しやすくするため、読者がよく知っているであろう梁山泊の好漢に対する印象を利用したのだと考えられます。

（四）社会への悪影響

『水滸伝』は世に出るや否や、瞬く間に人気作品となりました。特有の要素と当時の娯楽文芸の各要素が絶妙なバランスで組み合わされた作品は、李卓吾のような知識人を熱狂させるのに十分でした。しかし全ての人が『水滸伝』の流行を歓迎したわけではありません。快く思わない人々は、その理由として社会への悪影響を指摘します。その主張を要約すると、以下のようになります。

『水滸伝』は罪を犯した悪人たちがその罪を許されて朝廷のために尽くすというストーリーである。これでは、手っ取り早く出世するにはまず罪を犯した後で朝廷からお呼びが掛かるのを待つのがよい、と悪人が真似してしまうのではないか。

反対者が懸念したように、当時実際に『水滸伝』に影響を受けたと思しき武装蜂起事件が何件か起きています。次はその一例です。

自施耐庵作『水滸伝』、羅貫中続成之、筆貽禍者三而未已也。一則万暦末年、徐鴻儒以鄆城人倡白蓮教、巣於梁家楼、直親見梁山泊故事。

〔訳〕施耐庵(したいあん)が『水滸伝』を著し、羅貫中(らかんちゅう)が続きを書いてからというもの、その書がもたらした災いは三つにとどまらない。そのうちの一つは万暦末年、徐鴻儒(じょこうじゅ)という者が鄆城(うんじょう)の人々に邪教である白蓮教(びゃくれんきょう)を吹き込み、「梁家楼」に立て籠もったことであり、あ

たかも梁山泊の話をこの目で見ているかのようである。（査継佐『罪惟録』巻三十一）

そのため『水滸伝』は明末から清代にかけて当局から有害書の代表格として扱われるようになってしまいました。特に清代では、「文字の獄」が度々発生したように言論が厳しく統制されており、禁書目録を調べてみると簡単に『水滸伝』の名前を見つけることができます。

一言でまとめるならば、低俗な娯楽作品は社会に悪影響を及ぼすから規制すべきだ、という見方です。このような考え方は現在でも見られます。冒頭で挙げた作品『ひぐらしのなく頃に』を例として取りあげましょう。

『ひぐらしのなく頃に』は同じ時間・空間と人物で展開する複数のストーリーから構成されているミステリーです。それぞれのストーリーにおいて、初めはほぼ同じ展開なのですが途中から大きく変わっていくので、まるで一つのゲームを繰り返し遊んでいるような感覚になります。各ストーリーを最大公約数的に概括すると、小さな山村「雛見沢」を舞台に村の風習「綿流し」に関わる怪事件をめぐって登場人物たちが葛藤や奮闘を繰り広げます。しかしこの作品が世間の注目を集めるようになったのは、読み物でありながらゲームのような構成になっているという斬新さではなく、極めて凄惨な殺人の場面が描かれているからでしょう。

二〇〇八年一月、青森県八戸市で十八歳の少年が母・弟・妹を殺害するという事件が起こりました。その後の捜査で警察が『ひぐらしのなく頃に』の漫画本と思しきものを押収した、と報道されました。これによって、事件がその本の影響で起きたのではないかという声が生じました。ほかにも二〇一〇年には、福島県と長崎県でコミック『ひぐらしのなく頃に解　祭囃し編』が残虐性などの理由から有害図書に指定されました。いずれのケースも、『ひぐらしのなく頃に』で描かれている凄惨な場面が悪影響を及ぼすのではないか、と危惧する人がいたことを示しています。

このように見てみると、反社会的だとか残虐だとか理由はさまざまですが、今も昔も娯楽作品はとかく槍玉に挙げられやすいことがわかるでしょう。作品の魅力を絶賛する人がいる一方で、その作中の描写に眉をひそめる人もいる。明清時代の白話小説も現在のマンガやライトノベルも、社会を生きる人々の多様な意見に常にさらされているのです。要するに、両者とも良し悪し問わず社会と密接に関わっている存在といえるでしょう。

四、現代との違い：著作権のない出版環境

ここまで『水滸伝』を中心に白話小説についていくつかテーマを挙げて解説してきました。

明清時代に流行した白話小説について特徴や性質を理解できたかと思います。また詳しく分析すればするほど、現代日本のマンガやライトノベルと多くの共通点が見出だせました。

ただし明清時代の白話小説と現代日本のマンガやライトノベルとでは、やはり相違点も多く見つけられます。例えば情報技術や社会のインフラなど目に見える点でいくつもの違いが指摘できるでしょう。ここでは目には見えない著作権という概念に焦点を当てましょう。

著作権は、著作物に生じる著作者の財産権です。身近な例を挙げますと、この本にもありますし、もっといえば私が今書いているこの文章にもあります。引用や非営利目的など便宜上必要な場合を除き、他者の著作物を無断で使ってはいけません。近年大学では、学生がレポートや論文で書籍の文章やインターネット上の記事をそのまま写して提出する、いわゆる「コピペ(コピー・アンド・ペーストの略)」が問題となっています。何が問題なのかといいますと、自分の頭で考えていないというだけではなく、著作権の侵害という法律違反だからです。つい軽い気持ちでやってしまうかもしれませんが、犯罪行為になってしまいます。ですから学生のみなさんは、レポートや論文で絶対に「コピペ」をしないでください。文章や記事を写す際には、必ず引用のルールに則ったうえで写してください。

話が脱線したので、元に戻しましょう。現在著作権は社会に認知された権利となっていますが、その歴史は浅く、せいぜい百年ほどしか経っておりません。数百年も前の明清時代の中国においては、当然のことながら著作権という概念がないため、今日から見ると明らかにいかがわしい行為が多く見かけられます。

先ほど白話小説の批評について解説した際に、李卓吾の批評と称する偽物が多数出回ったと述べました。出版元としては、少しでも本が売れることを期待して李卓吾の名声を勝手に利用したのでしょう。現代の感覚では虚偽広告になってしまいますが、当時としては販売促進活動の一環であったと考えられます。

別の例を挙げましょう。明末清初の文人に金聖歎（きんせいたん）という人がいます。彼は『水滸伝』にひどく心酔し、その読み方指南や文芸批評を著しました。しかしストーリーの中にどうしても受け入れられない点が一つありました。それは梁山泊集結後の展開です。好漢たちが朝廷の手下として活躍するのは、金聖歎にとっては彼らの生き様を汚すものと映りました。そこでその強い不満を解消するべく、梁山泊集結までの部分だけで構成された新しい『水滸伝』を出版するに至ります。その際に次のように主張しました。

「今世の中に出回っている『水滸伝』は、本来の作者が書いた梁山泊集結までの優れた部分と、後の好事家がつけ足した集結後のつまらない部分とが合わさった、いわば蛇足の状態にある。私は古い蔵から本来の作者が著した原本を発見したので、今『水滸伝』の本来の姿を世に示すために出版するのだ。」

梁山泊集結の前と後で著者が違うというのは金聖歎の個人的な意見にすぎませんし、「古い蔵から原本を発見した」という話に至ってはただの捏造です。すでに説明しましたが、『水滸伝』は最初から梁山泊集結後に朝廷の下で活躍するも悲劇に終わるというストーリーを備えて誕生したからです。したがって金聖歎がこのような嘘をついたのは、自分が新しく出版する本に箔をつけるための誇大広告だったと考えられます。

金聖歎のやり口を今日の感覚から非難することは簡単です。現代に置き換えてみるとわかりやすいでしょう。もし仮に夏目漱石のとある作品を自分の好きなように書き換え、それを夏目漱石の原作だと宣伝して売り出したならば、悪質な詐欺師として社会的信用が失墜することは確実です。しかし明末清初には著作権という概念がない以上、金聖歎の手法は販売促進のためにひねりだした奇手と考えるべきでしょう。

偽物の李卓吾批評にせよ、金聖歎の捏造にせよ、彼らは彼らなりに商売のため様々な売りだし文句を編み出していたのです。またこのような虚偽広告や誇大広告について、当時の人々は別に目くじらを立てていたわけではなさそうです。話半分に聞き流し、許容の範囲内として割り切っていたのでしょう。

以上のことからわかるように、過去の事象に現代の感覚をそのまま適用してしまうと、当時の人々の感覚を見誤ることになりかねません。文学に限らずどのようなジャンルであれ、過去の事象を扱う際には十分に注意すべきことです。

おわりに　なぜ古典文学を研究するのか

さて明清白話小説について長々と解説してきました。最後に、それを研究することで何が見えてくるのかを述べて締めくくりたいと思います。

明清白話小説には娯楽作品としての要素がいくつも備わっていました。そしてその要素は現代日本のマンガやライトノベルと多くの点で共通していました。ならば現代日本におけるマンガやライトノベルの分析をうまく利用すれば、明清時代の白話小説や社会文化についても有効な分析ができると期待できそうです。逆もまた然りで、明清白話小説についての解明が進めば、現代日本のマンガやライトノベルのみならず現代社会文化についても新しい視点を提供できるでしょう。

文学研究、特に古典文学研究は、昨今世間からの風当たりが厳しい分野です。現代社会においてどのような意義があるのか、社会の要求に答えきれていないのが実情です。二〇一五年六月、文部科学省が国立大学に出した通知が関係者の間で人文系学問の切り捨てと解釈され議論になったことを記憶している方もいるでしょう。しかしアプローチ次第で現代社会における意義は十分に説明できるのです。

現時点での私の研究の意義は、明清白話小説の研究と現代日本のマンガやライトノベルの分析で互いに相乗効果を生み出せる、いわばウィンウィンの関係を築くことができる、というものです。このようにもっともらしい看板を掲げると、賢明な読者から、「白話小説もライトノベルも結局はおまえ個人の趣味ではないか」というヤジが飛んできそうです。ですからボロが出ないうちに話を終えることにしましょう。

参考文献

大木康『中国近世小説への招待　才子と佳人と豪傑と』（ＮＨＫライブラリー、二〇〇一年）
鈴木陽一（編）『中国の英雄豪傑を読む　『三国志演義』から武侠小説まで』（大修館書店、二〇〇二

年）
懐徳堂記念会（編）『中国四大奇書の世界　『西遊記』『三国志演義』『水滸伝』『金瓶梅』を語る』（和泉書院、二〇〇三年）
高島俊男『水滸伝の世界』（ちくま文庫、二〇〇一年）
金文京『三国志演義の世界【増補版】』（東方書店、二〇一〇年）
岡崎由美・松浦智子（編）『楊家将演義読本』（勉誠出版、二〇一五年）
檀上寛『陸海の交錯　明朝の興亡　シリーズ中国の歴史④』（岩波新書、二〇二〇年）
東浩紀『ゲーム的リアリズムの誕生　動物化するポストモダン２』（講談社現代新書、二〇〇七年）

あとがき

本書のタイトル『とびらをあける中国文学――日本文化の展望台』は、イギリスの作家、パメラ・トラバースの小説『とびらをあけるメアリー・ポピンズ』（原題は *Mary Poppins Opens the Door*）を参考にしてつけられました。「メアリー・ポピンズ」シリーズの三作目として、一九四三年にアメリカで出版された同書は、林容吉氏による日本語訳が、岩波書店から一九六四年に刊行されています。

この小説の主人公であるメアリー・ポピンズは、いわゆる「魔法使い」のような女性です。ただ、これ見よがしに魔法を使うことはありません。彼女はナニー（住み込みの子守兼家庭教師）としてバンクス夫妻に雇われており、普段は家事や育児といった日常的な仕事をこなしているのですが、バンクス家の子供たちが彼女と一緒に外出すると、なぜか魔法のようなできごとが次々と身の回りに起こるのです。子供たちは、メアリー・ポピンズが何かしたに違いないと確信してはいるものの、彼女に尋ねても素知らぬ顔をされるだけなので、そこは気にせず、しだいに不思議なできごとそのものを楽しむようになります。典型的な「魔法使い」としてではなく、あくまで日常にひそむ不思議への案内役として描かれていることこそ、メアリー・ポピンズの大きな特徴といってよいでしょう。

このメアリー・ポピンズのように、中国文学もまた、見慣れた日本の文化にひそむ不思議への案内役として機能することがあります。本書はその点に着目し、私たちが普段何気なく使っている故事成語、歴史的に身近な存在であった井戸、日常的に目にしている小説や動画投稿サイトなどを、外側から眺める展望台として、中国文学を読み解くことを試みました。

この展望台から日本の文化を眺めると、色々なものが見えてきます。過去の中国古典と現代の日本文化との意外な共通性はその一つですが、それに加えて、中国にルーツを持ちつつも日本で変質した言葉や文化が数多く存在することにも気づかされます。似ているようで微妙に違う、そうした文化的差異を私たちが体感して楽しむことができるのも、中国の影響を強く受けてきた文化圏ならではの特権といえるでしょう。

しかし、私たちは時にその微妙な差異を否定的にとらえてしまうこともあります。少し話がずれるかもしれませんが、たとえば電車の中で中国人が大きな声で中国語の会話をしていた場合、それに違和感を覚える日本人は少なくないと思います。ただ、それが同じくらいの音量で英語の会話をしている欧米人だったなら、どうでしょう。多くの人は、その振る舞いを自然に受け流すか、もしくは違和感を覚えるとしても、その程度は中国語を耳にした時ほど甚だしくないのではないでしょうか。

中国語と英語の受け取られ方にこのような差異が見られる理由としては、英語は義務教育で学ぶ機会があり、日本人の見知らぬ言語ではないのに対して、中国語は多くの日本人にとって未習の言語であり、未習者の耳には意味をもたない雑多な音声に聞こえるから、ということがまず考えられます。それに加え、日本人にとって中国人は隣国の人々であり、外形も自分たちに似ているにもかかわらず、彼らの話す言葉が理解できないことから生じる疎外感も、理由の一つになっているのではないでしょうか。近いからこそ、差異が余計に目につき、受け入れるのに抵抗を感じてしまうという図式です。

文化的差異についても、同じことがいえます。日本の文化はむろん独自の特色を具えたものではありますが、形成の過程で中国の文化からは歴史的に大きな影響を受け続けてきました。だからこそ、日中両国は「東アジア文化圏」という大きな枠内に位置づけられるのです。このように両国の文化は、いわば近縁関係にあるのですが、その親近性が逆に相互理解を妨げてしまうという側面もあるでしょう。全くの異文化ではないからこそ、自国の文化との違いが余計に目立ち、時に拒絶反応を起こしてしまうのです。これが欧米の文化となると、我々から見て全くの異文化であるがゆえ、差異があるのは当然と割り切られ、かえって抵抗なく許容されるのだと考えられます。

私たちに求められているのは、類似を喜び、差異を楽しむ態度ではないでしょうか。見慣れた日本の文化や習俗、使い慣れた言葉、文学作品などの中に、中国の文化や古典との思わぬ類似を見出せるのは、東アジア文化圏に生きる私たちの特権ともいえます。このような特権を享受できるのは、喜びにほかなりません。また、彼我の文化の微妙な差異に気づいたときには、その差異を理性的にとらえ、なぜこのような違いが生じたのだろう、と思索する楽しみもあります。似ているところと違うところ、どちらも面白いではないですか。

本書は、日本と中国との間にある障壁に文学の力で「とびらをあけ」、文化的な風通しをよくしようと試みました。このとびらが、日本文化の面白さを再発見し、似ていて違う中国文化との関係性を楽しむための一助となったなら幸いです。

二〇二一年五月七日

遠藤星希

《執筆者紹介》（掲載順）

高芝 麻子（たかしば・あさこ）
横浜国立大学准教授
『大沼枕山『歴代詠史百律』の研究』（共著，2020年，汲古書院），『杜甫全詩訳注（一）』（共著，2016年，講談社学術文庫）など。

遠藤 星希（えんどう・せいき）
法政大学准教授
『茶をうたう――朝鮮半島のお茶文化千年』（共著，2021年，クオン），「李賀の詩にみる循環する時間と神仙の死」（『日本中国学会報』第65集，2013年10月，日本中国学会）など。

山崎 藍（やまざき・あい）
青山学院大学准教授
『中国古典文学に描かれた厠・井戸・簪――民俗学的視点に基づく考察』（2020年，勉誠出版），『中国古典小説選〈1〉穆天子伝・漢武故事・神異経・山海経他（漢・魏）』（竹田晃・高芝麻子・梶村永と共著，2007年，明治書院）など。

田中 智行（たなか・ともゆき）
大阪大学准教授
『新訳 金瓶梅』上巻（2018年，鳥影社），「『金瓶梅』張竹坡批評の態度――金聖歎の継承と展開」（『東方学』第125輯，2013年1月，東方学会）など。

馬場 昭佳（ばば・あきよし）
学習院大学非常勤講師
「『水滸伝』征遼故事の成立背景――「宋代忠義英雄譚」を核とする作品形成」（『日本中国学会報』第62集，2010年10月，日本中国学会），「張叔夜から見る『水滸伝』宋江の忠義化」（『中国古典小説研究』第17号，2012年12月，中国古典小説研究会）など。

とびらをあける中国文学(ちゅうごくぶんがく)
―― 日本文化の展望台

新典社選書 103

2021 年 9 月 28 日　初刷発行

著　者　高芝麻子・遠藤星希・山崎藍・田中智行・馬場昭佳
発行者　岡元学実

発行所　株式会社　新　典　社

〒101－0051　東京都千代田区神田神保町1－44－11
営業部　03－3233－8051　編集部　03－3233－8052
ＦＡＸ　03－3233－8053　振　替　00170－0－26932

印刷所　惠友印刷㈱　製本所　牧製本印刷㈱

ISBN978-4-7879-6853-1 C1395
https://shintensha.co.jp/　E-Mail:info@shintensha.co.jp